"Planeta Lina"

Una aventura de adentro hacia fuera…

(novela)

Mariana Vernieri

*Nuestra misión es ofrecer eficientemente el mejor y más exhaustivo servicio de
publicación de libros en el mundo, facilitando el éxito de cada autor. Para conocer
más acerca de cómo publicar su libro a su manera y hacerlo disponible alrededor del
mundo, visítenos en la dirección www.trafford.com*

Trafford rev. 9/11/09

 www.trafford.com

Para Norteamérica y el mundo entero
llamadas sin cargo: 1 888 232 4444 (USA & Canadá)
teléfono: 250 383 6864 ♦ fax: 812 355 4082

INDICE

(-Dame la mano, entremos juntos.
-Mi amor -me abrazás- ¡Estás temblando!
-Ya lo sé, estoy nerviosa.
-Pero, ¿por qué tantos nervios?, como si fuera la primera vez que lo hacemos...
-¡Cada vez es tan distinto! Distintos lugares, distintas personas, distintos
desafíos. No logro acostumbrarme.
-No te preocupes, estamos juntos, todo va a ser maravilloso.
-¿Por qué no podremos tener una vida normal como el resto de la gente?
-Eso sería demasiado aburrido para nosotros, ¿no te parece?
-Totalmente. ¿Vamos?
-Vamos.   )

1.- Un mundo de sueños

Desde la hostilidad de estas noches de calor extremo, en las que no consigo dormir, agobiada por las imágenes del duro día a día en esta tierra extraña, sobresaltada por alaridos, acaso de peleas y tormentos, acaso de desordenada algarabía, excedida de responsabilidades mientras mi mente se adelanta en la búsqueda de soluciones que a veces parecen imposibles, recuerdo con lejana nostalgia los años simples de mi infancia, cuando un día era igual al otro, o al menos así parecía desde afuera. Yo nada tenía que hacer, más que cumplir con mis tareas sencillas de estudiante y de hija menor, y tan sólo con eso el día me pertenecía, y podía dedicarlo a mi actividad favorita que era soñar despierta. Tenía la gran ventaja de que no necesitaba casi nada para poder realizarla, sólo un poco de tiempo libre y un mínimo de silencio bastaba para que las historias surgieran en forma espontánea y me atraparan. En la paz de mis tardes lentas era protagonista de infinitas aventuras en los escenarios más insólitos, pero que inexorablemente culminaban con mi rotundo triunfo; ante hipotéticas situaciones de peligro o amenaza, diseñaba salvamentos e intervenciones oportunas que me tenían como estrella principal, algunas de ellas mágicas y milagrosas. Me hacía acreedora del reconocimiento público por la consecución de los más ansiados descubrimientos científicos, en mi mente aislada y pequeña, recreaba proezas morales que las multitudes celebraban, me encargaba de las urgencias del mundo y despertaba el entusiasmo colectivo con ideas que nunca antes se habían concebido. La gloria llovía sobre mí, y después de la gloria venía el amor; grandes amores con otros grandes hacedores: familia perfecta y realización personal. Cuando por algún motivo era interrumpida, y mi fantasía no había llegado aún a su final feliz, era seguro que pronto volvería a ella para continuarla, durante varios días rememoraba y modificaba mentalmente mis historias las veces que fueran necesarias, hasta agotarlas, hasta exprimir de cada idea la máxima felicidad que pudieran brindarme, y sólo entonces consideraba que era el momento de pasar a una nueva. Quienes no me conocían bien podían verme como una niña triste o aburrida, ya que no solía ir a jugar con mis amigos ni disfrutar de las actividades que tanto entretenían a otros chicos de mi edad, ignorantes del colorido mundo interior en el que me sumergía con mi prodigiosa imaginación. Pero mi familia lo sabía, ellos me aceptaban así como era, y dentro de todo me respetaban, Lina, ¿en qué andás?, ¿otra vez distraída?, preguntaba mamá, ¿en qué estás pensando? Nada, mami, nada importante, respondía, disgustada de tener que volver a tierra, Vamos, Linita, me gusta que me cuentes tus cosas, ¿qué singulares ideas andan rondando esta vez por esa cabecita?, En serio, una pavada, no te preocupes, simplemente imaginaba una historia con el cuento que nos contaste anoche, ¿te acordás?, el de los niños flor, bueno, estaba inventándole un final distinto, tonterías mías, No, no digas eso, sí que es interesante y esta noche quiero que me lo cuentes, seguro que cuando seas más grande vas a poder escribir unos cuentos preciosos, pero, ahora ¿por qué no vas a jugar afuera con tus hermanos?, mirá qué lindo día y vos acá sentada…

Miro atrás y me parece todo tan lejano, aunque hayan pasado apenas unos veinte años desde entonces, pocos, pero que te cambian para siempre y no se pueden volver atrás. Recién ahora he aprendido a salir a jugar con los que de algún modo también son mis hermanos.

Como mi rendimiento en la escuela no era malo, colaboraba en la casa, y no era egoísta ni especialmente conflictiva, nadie se preocupó mucho de mi recurrente actitud de apartarme hacia mí misma. Hija menor de cuatro hermanos, cada uno de ellos con sus defectos y complicaciones, yo era a ojos de mis padres quizás la menos problemática de sus hijos, pero igual una vez me mandaron a una psicopedagoga para tratar el tema de mi introversión, y le conté a esta señora de mis historias imaginarias, y de la gran satisfacción que sentía al inventarlas, ella entendió que no presentando yo ningún tipo de confusión entre ficción y realidad, y dado que mis fantasías estaban perfectamente encuadradas como tales, Estas son en definitiva un proceso positivo, señora, no hay de qué preocuparse, déjenla soñar.

Cuentan mis papás que cuando yo nací vivíamos en un departamento en Boedo, justo encima de una pizzería a la que varias veces hemos regresado porque, al menos para nosotros, es donde se sirven las mejores fugazzetas del país, además de esos incomparables flanes caseros en moldes redonditos de aluminio, que yo solía disfrutar con crema y dulce de leche. Siempre que concurríamos a la pizzería, venían a la mesa los recuerdos de la época en que vivíamos allí, yo era la única que no me acordaba de nada. Muchas veces describían anécdotas que evocaban a mis primos y tíos, por el lado de papá, con quienes nos veíamos muy seguido cuando estábamos en la capital, según cuentan, ya que como dije antes yo no lo recuerdo en absoluto. Lamentablemente ese contacto asiduo se perdió en la distancia cuando nos instalamos en la casona de dos plantas y paredes externas rosadas de la zona sur de Buenos Aires donde comienzan mis recuerdos. Nos mudamos allí porque mi padre, que era un reconocido oftalmólogo especializado en cirugía ocular, había empezado a proyectar la fundación de su propia clínica de ojos en Adrogué.

Siempre existe una imagen fundamental de cada persona que queda impregnada en nuestros recuerdos. En el caso de papá, sigo viéndolo en su rol de incansable médico, saliendo y llegando a casa con su portafolio, atendiendo los llamados de sus pacientes, hojeando papeles de trabajo. De personalidad fuerte y decidida, infundía respeto en quien lo viera; con escasas canas, su rostro de expresión severa y esos ojos transparentes que delataban la gran bondad que habitaba en su alma, nuestra relación con él era de amor y admiración, pero con una distancia insondable que nos impedía expresarnos con libertad si estábamos a su lado, y no era por temor a que nos castigara, cuando no estaba en su clínica, cubría guardias en el hospital o daba clases en la facultad, y el poco tiempo que estaba en casa solía pasarlo concentrado en sus lecturas, y no se involucraba en las cuestiones cotidianas de nuestra educación, era más bien temor a evidenciar nuestros defectos ante su mirada expectante de perfección. La más tenue insinuación de desprecio por su parte resultaba tan petrificante que, mientras él estaba en casa, reinaban el silencio y la obediencia. Nos explicaba que durante el día apenas le alcanzaba el tiempo para cumplir con el trabajo, y que para poder hacerlo correctamente era indispensable estudiar y nunca se podía dejar de estudiar.

Sobre los hombros de mi madre recaía la ardua tarea de lidiar con nuestras rebeldías diarias, insensateces, bullicios y defectos de personalidad, mentiría si dijera que ella no se dedicaba a cada uno de nosotros con las mejores intenciones, pero su estado de ánimo era demasiado variable, y aun impredecible. Nunca pude descubrir la trama oculta que hacía que ciertas cosas fueran graves para ella y otras no tanto, mi intuición solía fallar cuando me preparaba para afrontar las consecuencias de mis errores, en general terminaba sorprendida por su repercusión. Tal vez no había tal sistema de reglas y era la fluctuación de su ciclo hormonal la que ejercía influencia en su proceder, pero podía pasar que un día reaccionara con furia por la misma travesura que en otras ocasiones había dejado pasar con benévola complicidad, o que nos dejara a todos sin postre o televisión por algún descuido cometido sólo por uno de nosotros.

(Terraza gris, un respiro a la sombra.
El primer día fue agotador y hoy es aún peor.
Tomé un pan de la cocina, y estoy desayunando recién a las tres de la tarde.
Unos niños hacen alboroto del otro lado del muro.
Se trepan, quieren mi pan, deben tener más hambre que yo.
Se los alcanzo.
Escucho como pelean por los pedazos.   )

Papá, ¿podemos conversar un rato?, solía inquirirle después de la cena, tras golpear a la puerta de su despacho y asomarme con respeto, y él con una sonrisa mínima me invitaba a pasar. Generalmente se encontraba en bata y pantuflas, leyendo algún libro o escribiendo sus apuntes, y yo le hacía preguntas sobre su día de trabajo, o sobre el funcionamiento del cuerpo humano, charlábamos de medicina y de ciencia en general.

¿Por qué no puede evitarse la muerte?, indagaba sedienta de verdad, si pusiéramos en el cuerpo una máquina que bombeara constantemente, o con un mecanismo de emergencia que se activara cuando el corazón dejara de latir, ¿no podríamos así hacer llegar al cerebro la sangre que necesita hasta que se pueda lograr la reanimación cardiorrespiratoria?, de esta manera se podría alargar mucho más la vida, ¿verdad papá?, ¿vos pensás que algún día podremos conseguir la inmortalidad? Respondía a mis inquietudes con una certidumbre tan calma, que su voz llegaba a mis oídos como el rumor mismo de la sabiduría personificada, él a su vez sentía satisfacción de que al menos alguien en la familia se interesara por cuestiones que siquiera combinaran en la gama otoñal de su modelo de mundo, seguro esperaba que yo en el futuro definiera mi vocación hacia el estudio de la medicina, se veía que era la única de sus hijos que podía llegar a seguir con la tradición familiar, iniciada por mi abuelo Prudencio Guzmán y proseguida por mi padre, oftalmólogo, mi tío Rogelio, psiquiatra, y mi tía Margarita, ginecóloga y solterona empedernida. Cuando fue el momento de elegir mi carrera no me dio el alma para tanta responsabilidad, tal vez me faltó voluntad o decisión, mi gran interés por estos temas médicos tenían un importante componente de excusa: conseguir su atención, sus palabras, ese momento del día que se tomaba exclusivamente para charlar conmigo, ese privilegio que me hacía sentir tan orgullosa. Diego, mi hermano mayor, era el único en la familia que, además de mí, compartía una cierta afinidad con papá, aunque en su caso el gusto por los deportes —a ambos les interesaba mirarlos aunque no practicarlos— y otras "cuestiones de hombres" eran los pilares de su complicidad especial. Con su innata vocación de humorista, trasmitía alegría al clima de la casa que, de no haber sido por sus ocurrencias, lo imagino como apagado y monótono. Nos hacía reír siempre con sus payasadas, imitaciones y representaciones, y no podía hablarse de nada sin que él dejara de encontrar el doble sentido de las palabras y transformara todo en un chiste. Más aún, era un chico cariñoso y parecía misteriosamente libre del estigma Guzmán que nos impedía a los demás demostrar afecto y emociones. En lo que respectaba a Martín y Natalia, ellos preferían evitar cualquier tipo de intercambio con nuestro papá, como si le tuvieran miedo, como si sintieran que sus vidas transcurrían más a resguardo fuera del alcance de su mirada impenetrable.

Ni siquiera mi madre parecía tener una buena comunicación con él, ni bien papá llegaba del trabajo, ella no terminaba de saludarlo que ya empezaba a contarle historias del barrio, ¡No sabés lo que tengo para contarte!, me enteré de que los padres de Agustina se separaron, pero lo que más te va a sorprender es la causa de esa separación, me lo dijo Chelita, ¡no te lo podés ni imaginar!, parece que fue porque él la estaba engañando nada menos que con Leticia Saponara, la gordita de las hermanas Saponara, ¿la ubicás?, él asentía con la cabeza, como si estuviera escuchando, aunque a poco de observarlo se le notaba ausente, perdido en los laberintos de su mente, vaya a saber si pensando en sus pacientes, en sus alumnos, o en qué, su mundo interior era un misterio. Mientras que el mundo de mamá era claro como el agua, siempre pensando en nosotros, tratando de hacer magia para equilibrar sus energías y darse cuenta de quién la necesitaba más en cada momento, hablaba mucho por teléfono, jugaba a la canasta con las amigas, y se entretenía mirando y comentando las telenovelas de la tarde, haciendo manualidades en punto cruz, y también comiendo a toda hora. Cuando llegaba papá, le hablaba siempre de nosotros, de lo que habíamos hecho durante el día, de las notas que nos sacábamos en el colegio, o si nos portábamos mal; intentaba integrarlo a la familia, convertirlo en un padre participativo y protagonista de nuestra educación, Mañana a las seis tenemos una reunión con la maestra de Martín, nos citó para hablar de su conducta, se ve que no cambió nada desde la última llamada de atención y sigue haciendo de las suyas con los vándalos de sus amigotes, ¿vas a venir o voy yo sola?, yo todavía no le levanté el castigo por los autitos que le encontré en el cuarto, él dice que no los robó, que le aparecieron en la mochila, pero lamentablemente no puedo creerle porque no es la primera vez que sucede, tenés que encararlo vos, que te va a hacer más caso, este chico me tiene muy preocupada, ¿le vas a hablar?, ¡Seguro que sí le voy a hablar!, no te preocupes que ya me va a escuchar y vas a ver cómo va a tener que cambiar o cambiar, no voy a tolerar ese tipo de conductas en mi familia. ¡Bien por esa respuesta!, voy ganando puntos, pensaba mamá, y aprovechaba el chispazo de atención para seguir hablándole de otros temas, Me olvidé de contarte que el que hace tiempo que no aparece es Ramiro, el profesor de música del colegio, dice la madre que no volvió a la casa, ella fue a la policía y no le dieron importancia, le dijeron que lo más probable es que se haya ido por ahí y vuelva solo uno de estos días, que simplemente lo espere, pero, entre nos, yo pienso que ese muchacho andaba en cosas raras, te dije que se juntaba con unos amigos pelilargos que me olían mal, y parece no me equivoqué, Ajá, mirá vos, contestaba mi padre mientras se servía un vaso de terma con soda, fijando su mirada en algún punto inexorable, tal vez en la pared, tal vez en otra dimensión, y ella seguía narrando romances, cortes de pelo y fluctuaciones del peso corporal de sus conocidos, algunos de ellos lejanísimos, las palabras le surgían a borbotones y fingía ser la única en la casa que no notaba que él ya no le estaba prestando atención. Observando ese lastimoso escenario, resultaba extraño pensar que un día se habían enamorado, que estarían tan locos el uno por el otro como para haber decidido casarse ¡y tener cuatro hijos juntos! Hasta físicamente eran polos opuestos: él, alto, casi hasta el tope de la puerta, de huesos puntiagudos, piel blanca y rasgos alargados, y ella bajita y regordeta, rosada, acolchonada, más confortable para abrazar. Con la misma inquietante perplejidad con la que yo reflexionaba sobre el origen del universo, el futuro del mundo o los límites de la realidad, me preguntaba cómo podía ser que teniendo tan poco en común, en apariencia, fuera posible que mis padres se hubieran elegido el uno al otro y que todavía siguieran unidos. Sólo de vez en cuando surgían los malos entendidos, poniendo en evidencia lo inocultable, Pero, ¿por qué no viniste a la reunión con la maestra, si me habías dicho que venías?, ¡te estuve esperando! Bueno, disculpame, no tengo idea de cuando me dijiste eso, ¿estás segura de que me lo habías dicho, no lo habrás pensado?, ¡Claro que sí!, ¿verdad que se lo dije anoche, Linita?, vos estabas y tenés que haber escuchado, Sí, es cierto, mamá, ¿Ves?, no me trates de loca porque sé muy bien lo que digo y lo que no digo, La verdad es que no te escuché para nada, perdoname, mi amor, a veces vuelvo extenuado del trabajo, y no sé ni cómo me llamo, te prometo que no voy a faltar a la próxima reunión, pero, por favor, asegurate de que te haya escuchado y comprendido cuando me decís cosas importantes, ¡Vos nunca me escuchás!, resoplaba mamá, resignada, pero conteniendo su enojo para no discutir delante de nosotros, y también por comprensión, él es el sustento de la familia, y está muy bien que sea tan trabajador, es lógico que llegue cansado y que a veces no tenga energías para escuchar las cosas que le digo, asumía, y luego se esforzaba por retomar el diálogo normalmente, el perdón era una de sus mayores virtudes, y la verdad es que entre todos se lo hacíamos ejercitar a diario, ¿Te cuento entonces lo que me dijo la maestra en la reunión?, que le pusieron una nueva amonestación a Martín, ¡y que si sigue así lo van a tener que expulsar!, esta vez por haberle bajado el pantalón a un nene de cuarto, en el recreo, jugando con un par de amigos, entre los cuales por supuesto estaban los Anderson, que te digo que no entiendo cómo es que todavía no los expulsaron, lo rodearon a este chiquito, burlándose y molestándolo por usar aparatos en los dientes, y terminaron dejándolo en calzoncillos en medio del patio, delante de todo el colegio, ¡imaginate cómo se habrá puesto el pobre nene!, ¡no le doy una paliza a este mocoso porque detesto la violencia, pero bien que la merecería! Y es que mi hermano se había juntado con unos amigos que solían tener este tipo de comportamientos, y él se plegaba a ellos, algunos del colegio, otros del barrio, se reunían y hacían desastres, casi siempre iban a jugar al fútbol en una canchita cercana, o si no iban a las casas, a veces a la nuestra, aunque a mis papás desde ya no les hacía ninguna gracia que Martín anduviera con ellos, pero tampoco supieron ser lo suficientemente rígidos como para impedirles ser amigos, y por eso preferían tenerlos en casa, más contenidos, que dejarlos andar sueltos por ahí, fuera de vista y de control. En esta pequeña pandilla de chicos, que tendrían entre unos nueve y catorce años, había uno especial para mí, además de mi hermano, claro está. Se llamaba Demián, y fue mi primer amor platónico.

Yo tenía unos nueve años cuando, como por arte de magia, este muchachito de rulos dorados y carita de ángel logró infiltrarse de golpe en mis aventuras imaginarias: viajábamos juntos por el mundo, cruzábamos mares y desiertos en busca de tesoros escondidos, éramos raptados por extraterrestres..., siempre de la mano, como grandes compañeros, mientras que en la realidad ni siquiera nos dirigíamos la palabra, y yo tenía la duda de si él sabría al menos mi nombre. Admiraba en él, en todos ellos, su capacidad de *hacer*: le faltaban el respeto a las maestras, se escapaban, hacían bromas pesadas; no es que fueran cosas buenas, al contrario, eran puras bandideadas, pero se animaban, lo hacían, y eso a mí, que era buena alumna y buena compañera, siempre tranquila, siempre pacífica, educada y obediente..., eso a mí me maravillaba, ¿de dónde sacaban el valor? Así pasé cinco años, pensando a cada momento en él, las pocas veces que lo veía, o cuando escuchaba anécdotas de cosas que había dicho o hecho, me apropiaba de la nueva información para imaginarlo mejor, así lo hacía más mío, aunque él jamás lo supiera, ya era demasiado mío.

Un día fui a la casa de los Anderson para el cumpleaños del menor de ellos que era compañero mío de grado, estos chicos, cuyo carácter odioso hasta el día de hoy guardo en la memoria, sí que tenían problemas en serio, seguramente de generosa genealogía, pero que por lo menos empezaban por su padre, reconocido milico rufián, que no me consta, y tal vez estoy diciendo barbaridades, pero a juzgar por su escabroso perfil se me ocurre que hasta podría haber sido torturador o algo así en la época de la dictadura. Nunca me voy a olvidar de lo que el tipo le dice a su hijo cuando me ve llegar esa noche: ¿Y este bomboncito quién es?, ustedes sí que no pierden el tiempo, ¿eh...?, lástima que todavía es un poco joven, pero cuando le crezcan un poco más las tetitas, no se olviden de compartir con papá, Delante de la esposa lo dijo, ¿cómo se puede ser tan desubicado?, el truquito de disfrazar de humor los pensamientos más bajos nunca me conmovió una célula, es como si un leproso intentara tapar su piel descamada con unas ridículas curitas de colores, que en lugar de disimular sólo consiguen evidenciar más los burdos mecanismos psicológicos del supuesto humorista. Una vez en el colegio escuché que unos compañeros comentaban una anécdota espantosa sobre los hermanos Anderson, que se besaban entre ellos y, algo que hasta da vergüenza repetir, que un día habían hecho un "trencito" entre los tres, ¿relaciones homosexuales, grupales, entre niños, y para colmo incestuosas?, era demasiado malo para ser real, y en mi sublime inocencia de aquel entonces semejantes atrocidades eran inconcebibles, si apenas acababa de aprender que el hombre le pone una semillita a la mujer para tener hijos, y nada sabía del placer y menos de las perversiones, más bien me parecían habladurías extraídas de la mala fama que se habían hecho, y llevadas al extremo por alguna mente podrida. Pero hoy tengo la duda de hasta qué punto eso pudo haber sucedido, e incluso he especulado con que el tipo perfectamente podría haber llegado a abusar de sus propios hijos..., ¡desgraciado!, espero que nunca le haya puesto un dedo encima a mi hermano, eso sí que me haría llenar de rabia. Aquella noche, por suerte, los adultos se quedaron reunidos en el living, y los niños nos fuimos separando en grupos, Martín se fue con un amigo a jugar al Atari en un cuarto, y mis dos mejores amigas, que sabían de memoria que yo gustaba de Demián, me animaron, me convencieron no sé cómo, de entrar a la habitación donde él estaba jugando con algunos chicos y chicas a un juego, con aire de prohibido, porque nos hicieron cerrar la puerta sigilosamente ni bien nos dejaron pasar. Tenían una serie de papelitos de colores, y cada color tenía un significado, contestar preguntas *sí o sí con la verdad,* decir quién te gusta, dar besos, y esas cosas. Estar en ese cuarto con él, sin la supervisión de mi hermano, y en ese juego, me había transportado a un estado especial, de adrenalina y expectación, Si van a mirar, tienen que jugar, si no, se van, Eran las reglas, y aceptamos; por turnos, cada cual cumplía lo que la suerte le deparaba. La picardía y las confesiones de los demás se me hacían muy divertidas y excitantes, me sentía grande por estar participando de un juego como ése. Pasaron unas vueltas y le tocaba a él, mi corazón quería escaparse del pecho, estaba inquieta, ansiosa, ruborizada, ¿y si él decía que yo le gustaba?, ¿o que le gustaba otra?, ¿y si le tocaba darle un beso a alguien?, ¿a quién elegiría?, ¡Verde claro: un beso en la frente!, La tensión se alivió, aunque no tanto, faltaba ver su elección, Ah, un beso en la frente, qué tontería, dijo y se lo dio sin mucho pensar a la chica que tenía a la derecha, eso no quiere decir que guste de ella, intentaba aliviar mis celos, la eligió sólo porque era la que estaba más cerca, aparte, ¿qué importancia tiene un simple beso en la frente?, me hace acordar a una película de gángsters que vi hace poco en la que ese mismo gesto absurdo significaba, para quien lo recibía de parte del capo mafia, Andá despidiéndote del mundo, querido, que te queda poco, como poco faltaba para que fuera mi turno de tomar un papelito, y me quería zafar de ese momento, pero eran las reglas, y yo las había aceptado, no tenía escapatoria, estaba condenada como el infeliz de la película, tomé valor, y uno de los papeles, y como venía sospechando desde que empecé a jugar, porque estas cosas siempre son así, salió el temible, el amenazante y a la vez el más secretamente anhelado... ¡Rojo!, risas histéricas, y yo deseando que me tragara la tierra, buscando un manual de cómo reaccionar en casos de emergencia, tenía que elegir a uno de los varones para entrar con él al baño, y permanecer allí diez minutos, haciendo lo que quisiéramos, toda la atención se centraba en mí, pero yo no podía hacer eso, de ningún modo, me moría de vergüenza, No quiero hacerlo, susurré, Dale, elegí a alguien, no tienen que hacer nada si no quieren, pueden quedarse conversando en el baño y nada más. Sabía que era un momento importante para mi vida, de esos que no olvidaría jamás y tenía que decidir qué hacer, ¡No quiero!, dije en tono más fuerte, luchando entre mi timidez y mi deseo loco de entrar a ese baño con él, y quedarme no diez minutos sino toda la vida, pero me presionaron, me acosaron, Tenés que elegir a alguien sí o sí, son las reglas del juego, no vale no cumplirlas, y esa fuerza dentro de mí se apoderaba de mi voluntad congelándome, No puedo hacerlo, ¡no voy a elegir a nadie, y no quiero jugar más!, me impuse al fin estallando en lágrimas, el clima se puso más serio, maté de un golpe la gracia del juego, estaba llorando como una bobita, no podían ya obligarme, Está bien, no la molesten más si no quiere, dijo alguno, Pero que se vaya, si no juega no puede mirar más, mis amigas me acompañaron, y seguí llorando afuera. Al principio quedé consternada por lo sucedido, ¿por qué no me animé a seguir con el juego?, pero más adelante me sentí satisfecha de no haberlo hecho, si hubiese ido con él a ese baño, algo concreto habría sucedido, tal vez decepcionante, como que él se negara a hablar conmigo y quedásemos uno en cada punta en bochornoso silencio durante los diez minutos que duraba la prenda. Fuera cual fuera esa realidad, iba a ser una sola, invariable, inamovible, y en cambio, como no fui, ese baño se convirtió en un laberinto infinito de posibilidades, escenario de las más variadas fantasías, algunas prohibidas, otras tiernas y divertidas; estaban también las pesimistas y algunas otras absolutamente inverosímiles, pero, gracias a ese no-hacer, mi vida se enriqueció, esa vida paralela que llevaba, que sólo yo conocía, que moría en los límites de mi conciencia, porque no era compartida con ninguna otra persona, pero que expandía mis fronteras hasta puntos cada vez más lejanos, a medida que aumentaban mis conocimientos sobre el mundo. ¡Qué poco aporta a la mente un recuerdo único y fijo, en relación con las miles de puertas que nos abre un recuerdo truncado!, pensaba, mientras elaboraba complejas teorías sobre la esencia de lo real. Me preguntaba cuál era la diferencia entre hacer algo de verdad o imaginarlo, si la sensación es tan similar, ¿no es sólo otro tipo de realidad? Lo veía clarísimo con los sueños, ya que tenía algunos tan pero tan reales que se me hacía fácil creer que en verdad sucedían, aunque en otros planos, en otras dimensiones. Tal vez esta realidad no era más que un sueño, que soñamos desde otro nivel de existencia al que despertaremos, quizás, el día de nuestra muerte, especulaba, Entre un sueño y la imaginación, al menos la mía, no hay una diferencia tajante. Es sólo una cuestión de gradualismo, ya que desde pequeña he aprendido a imaginar con tal detalle y precisión, que los cinco sentidos se involucran en la fantasía, reemplazando a los estímulos del afuera. Cuando me tendía a hacerlo con los ojos cerrados, llegaba a lograr tal nitidez que a veces las imágenes tomaban vida propia y se escapaban de mi voluntad, marcando ellas mismas el rumbo. Me habré quedado dormida y empecé a soñar, me explicaba después, pero sabía que esto a veces era más así y otras no tanto, no había blanco y negro sino una infinita escala de grises. Si los sueños son reales en otros planos, sería arbitrario posicionar en cualquier gris intermedio de la graduación el límite de lo que no lo es. Sostenía que cualquier pensamiento que tuviera la suficiente consistencia era capaz de crear realidades en otras dimensiones. No tiene por qué tener más valor la realidad real que mis realidades personales, lo único que las diferencia es que en una se sigue una rígida cadena de causas y consecuencias, mientras que en la otra se puede hacer y deshacer, viajar libremente por el tiempo y el espacio, tener el dominio y ser libre de verdad.

(*Un ruido repentino sobresalta mi sueño.*
Vos no estás a mi lado.
Enseguida siento algo que me golpea en las piernas.
Me incorporo a la defensiva.
Con la almohada como escudo, con los ojos bien abiertos para descifrar la amenaza. Lo veo: es un bicho horrible.
Parece una mariposa negra y enorme, o tal vez un murciélago sin cabeza.
Choca una y otra vez contra el techo.
Me repugna, pero más asco me daría aplastarlo.
Grito por ayuda.
Entrás asustado y al ver lo que pasa te armás con una escoba, para intentar sacarlo por la ventana.
Esto va a llevar mucho tiempo…)

¿Quién dice qué es lo real y qué no lo es?, alguien podría decirme que existe una diferencia esencial, fundada en la presencia y participación de los demás, pero no me constaba que quienes me rodeaban en la vida real tuvieran verdadera conciencia de su propia existencia; ni tampoco que las personas que habitaban en mi mundo interior, no la tuvieran. Sería cobardía enmascarada, pero me sentía muy cómoda teniendo las más fuertes emociones y experiencias de mi vida sin correr riesgos, desde la tranquilidad de un asiento del colectivo, recostada en mi cama, o mientras me bañaba, conservando la más cauta de las actitudes en la supuesta realidad, para no poner nunca en peligro mi libertad de soñar.

A mis papás no les gustaba nada cuando manifestaba este tipo de filosofía, y cada uno desde su lugar, me discutían con fervor. Mamá me decía que me dejara de pavadas y bajara a la tierra, de una vez, sin preocuparse de comprender el alcance de mis hipótesis, mientras que a papá, aunque podía sintonizar mejor con este tipo de temas y al menos hablaba mi mismo idioma, le enervaba mi enfoque, porque según él era egoísta y llevado a la práctica conllevaba consecuencias poco morales. Mis hermanos se reían de mí, "A mí tampoco me gusta la realidad, pero es el único lugar donde se puede comer un buen bife", parafraseaba Diego para pincharme un poco. Y como no me gustaba nada el papel en el que me ponían cuando hablábamos de estas cosas, con el tiempo aprendí a desistir de hacerlo: ellos no cambiarían de idea, ni yo tampoco, y no podían meterse en mi mente a regular lo que yo pensara o dejara de pensar. Mi mundo de sueños era lo más interesante de mi vida, le daba color, emoción, aventura, y me proporcionaba muchas más satisfacciones que inconvenientes, aunque comencé a preocuparme cuando mi hermano me contó lo de mi abuela. Fue una mañana de sábado, que yo había puesto a llenar la bañera y, mientras se llenaba, subí a mi cuarto a pensar un rato. Recuerdo que me imaginaba como a una sirena embarazada, y trataba de encontrar alguna manera adecuada para dar a luz a mi bebé. Cuando al fin me decidí por una cesárea sobre las rocas, me encontré con un nuevo inconveniente: no podía decidir si mi bebé era varón o mujer, ya que su pequeña cola de pescado no exhibía sexo alguno. Observaba sus rasgos con detalle, pero sería imposible descubrirlo hasta que creciera. Entonces me ponía a pensar un nombre que sirviera tanto para varón como para mujer, y en eso estaba cuando escucho a Martín irrumpiendo a los gritos en mi cuarto, lo que le estaba totalmente vedado, Lina, ¿sos idiota?, ¡dejaste la canilla abierta y se está inundando todo!, y sí, me había olvidado, bajé preocupada y el agua había llegado hasta el pasillo. Le pedí, Martín, ayudame, porfi, antes que lo vea mamá, que yo no puedo secar esto sola y se va a re enojar si lo ve, me ayudó de mala gana, y, mientras intentábamos secar el piso con los toallones, me preguntó, ¿Pero cómo fue que te olvidaste, qué estabas haciendo?, Nada, pensando, contesté, y me susurró con voz de diablo que tuviera cuidado porque, Si seguís así vas a terminar como tu abuela, ¿A qué se refería?, ¿Vos no sabés que la abuela Justina, la mamá de papá, era una loca y pasó sus últimos años en un manicomio, hablando con gente que no existía, de cosas que sólo ella veía? Vos vas por el mismo camino con esta historia de que la imaginación es lo mismo que la realidad y las pavadas esas que te inventás, no ves que ya te estás olvidando de las cosas elementales del mundo real, como de cerrar una canilla..., pobrecita, Linita la loca, que feo, me burlaba desquitándose de que estaba trabajando duro escurriendo las toallas empapadas sobre la bañera para salvar mi pellejo. Cuando mamá llegó, el baño seguía muy mojado, y nos retó no sólo por la inundación sino sobre todo por haber empapado las toallas en nuestro intento por disimularla. Pero el reto no me importó tanto porque me había quedado pasmada por las palabras de mi hermano, ¿sería verdad lo de mi abuela? Tenía que averiguarlo, y así fue que luego de cenar, entré al despacho de mi papá y se lo pregunté. Él, que es de esas personas que sólo pueden expresarse libremente cuando hablan de abstracciones, se incomodó ante mi inquisición, y respondió en forma breve y evasiva, pero rotunda. Era cierto: mi abuela había sido esquizofrénica. Desde que lo supe, el tema de la locura se instaló como una sombra sobre mis espaldas, trataba de cuidarme, para que aquello no me pasara a mí también, y aunque estaba prácticamente segura de que jamás me ocurriría, porque era una persona en extremo racional, de vez en cuando me entraba la duda, y me hacía temblar.

A pesar de eso, nunca abandoné mi pasión por soñar, y no lo haré hasta el día en que me muera, porque forma parte de mi esencia, como el verdor de mis ojos. He descubierto que existe una imaginación para escapar de la realidad, y otra para transformarla, y el tiempo y la vida, en especial la persona de la cual me enamoré, me han enseñado a volcarme hacia la segunda.

(Estamos solos, sin más bichos alrededor.
La miseria y la enfermedad quedaron del otro lado de la puerta.
Nuestros cuerpos están exhaustos pero se reconfortan en la cercanía del otro.
Me sumerjo en la seguridad de tus brazos.
Acaricio el aroma del mundo conocido.
Me besas, y la vida es dulce otra vez.)

2.- Johnny

Unas trescientas personas están cómodamente sentadas en las butacas del auditorio Harold M. Proshansky de la ciudad de Nueva York. Escuchan con atención al disertante, asintiendo con la cabeza. Algunos toman anotaciones. Frente a ellos, el joven Johnny Barkley da por finalizado su discurso sobre los fundamentos de su programa para dejar la droga, basado en estados alterados de conciencia (ASCADP). Ha explicado el contenido de los diez CD que utiliza en el programa, y cómo ellos actúan en el inconsciente de las personas ayudándoles a reconstruir su autoestima, suprimir el deseo y superar la adicción; enseñándoles —aquí va lo novedoso— a lograr las mismas sensaciones placenteras que obtenían de las drogas ya sin necesidad de éstas, mediante la práctica de ejercicios de relajación y meditación. Con ayuda de los CD y con el apoyo personal e instrucción que se les da a los pacientes en la Clínica Barkley de Miami, los resultados han sido muy positivos durante estos cinco años desde su fundación. Ha traído gráficos comparativos que muestran cómo estos resultados han sido muy superiores respecto a los obtenidos en institutos de rehabilitación clásicos de todo el país.

Lo ha expuesto todo en perfecto inglés, aunque su pelo negro y lacio, su piel oscura y sus rasgos duros delatan su evidente procedencia latina. También presentó el testimonio de tres pacientes que relataron cómo lograron salir de la drogadicción gracias al programa ASCADP. Entre ellos se encontraba su propio tío, Gilverto Herrera, quien hoy puede pasearse por las calles con la frente en alto, sabiéndose libre de las garras de la cocaína, el LSD y las pandillas de delincuentes con las que tiempo atrás había estado involucrado.

Finalizó la exposición explicando los proyectos de perfeccionamiento de la técnica para el futuro, y presentando la impresionante proyección de los resultados que podrían obtenerse si el programa se extendiera a los cincuenta estados. Ya ha pronunciado el "gracias" final, y ahora las seiscientas manos aplauden con fuerza.

Johnny mira un instante en lontananza, y vuelve a depositar su mirada en la multitud, como si sus ojos quisieran evitar llenarse de lágrimas. A la salida, luego de estrechar las manos de algunos de los asistentes, responder sus preguntas y firmar algún que otro ejemplar de sus libros que alguien ha traído, Johnny Barkley se retira del recinto junto con su tío Gilverto, caminando por la Fifth Avenue, hacia el lado de la 34th Street.

—Ojalá estuviesen ellos para presenciarlo —suspiró al fin Gilverto, cuando ya se habían alejado del bullicio.

Johnny bajó la mirada apesadumbrado; era lo mismo que había estado pensando todo este tiempo. La audición había sido brillante, la clínica marchaba cada vez mejor, sus libros habían sido traducidos a varios idiomas y se vendían por miles en librerías de todo el mundo. El éxito le sonreía a la cara, pero no podía disfrutarlo plenamente. Para ello, hubiese necesitado compartirlo con sus padres, cuya muerte repentina aún no lograba asumir. Habían pasado siete años ya desde la tragedia, pero su amor por ellos era tan grande, y el pesar por su pérdida tan profundo, que el tiempo no había logrado curar las heridas. Quizás jamás lo lograría. Fue un terrible choque en cadena en la ruta 95, allá por agosto del año 1999. La bella Constanza Herrera (hermana querida de Gilverto) y su marido Tom Barkley volvían de una reunión familiar con los primos de Tom, en North Miami Beach. Seguramente estarían conversando de Johnny y Gilverto, o de los números de Barkley's. Tal vez criticando alegremente las galletas quemadas de la prima Sussy, o remembrando el romanticismo de las circunstancias en las que se conocieron. También existe la probabilidad de que condujeran en silencio, disfrutando del paisaje y del cielo azul, o hasta puede ser que estuvieran discutiendo por algún motivo. Sea como sea, cuando el estruendo llegó de atrás, fue penetrante y definitivo. Tom Barkley murió al instante y Constanza fue trasladada al hospital Mercy herida de gravedad. Johnny se encontraba escribiendo en su computadora cuando recibió el terrible llamado del personal del hospital.

Con el corazón atravesado en la garganta, pasó primero por el local de Barkley's a buscar a su tío y luego fueron juntos al hospital, desesperados por ver a su madre y hermana, o lo que quedaba de ella. Constanza estaba inconsciente y malherida; tenía fracturas en varios huesos, incluyendo una severa en el cráneo y un edema cerebral. Los médicos dieron un pronóstico reservado. Ambos muchachos lloraron como bebés ante la cama del hospital, rogando a Dios por una curación milagrosa, a la vez que coordinaban los detalles del entierro del bueno de Tom. Se preguntaban en qué punto la vida les había dado un vuelco tan horrible e inesperado.

Minutos antes Johnny era un jovencito de veinte años, alegre, trabajador y definitivamente feliz. A su corta edad, y superando los prejuicios en contra de los latinos en Estados Unidos, había logrado sacar adelante el modesto restaurante de comida rápida de su familia, y publicado su libro Tu mente poderosa el cual encajó cómodamente en la oleada de best sellers de autoayuda, en furor en aquella época, llenándolo de satisfacciones. De ser altamente envidiable por casi todo el mundo, su vida pasó de un instante al otro, y sin aviso previo, a ser una vida de esas que nadie quisiera vivir. Una invitación a tomar el té había marcado la diferencia. La elección de un camino en lugar del otro, el freno averiado de una camioneta que por cuestiones aleatorias también se encontraba justo allí.

El entierro de Tom Barkley fue desolador. Era un hombre joven y saludable; tan bueno y generoso, tan querido por su gente, que su muerte absurda y repentina era imposible de aceptar. Más sombra aún al panorama arrojaba la situación de Constanza. Pasaban los días sin que recuperara la conciencia; la perspectiva de curación era casi nula.

Johnny había escrito que las personas eran capaces de cualquier cosa si realmente se lo proponían y sabían cómo hacerlo. Era lo que le había enseñado su experiencia y lo que trasmitió a sus lectores. Se creía realmente poderoso, no había límites para lo que podría lograr en esta vida, si seguía por ese camino. Ningún desafío era demasiado difícil para él, hasta que la muerte de su padre y la agonía de su madre lo plantaron de golpe ante la realidad de su pequeñez. Entendió de manera fatal que de poderoso poco tenía. Reacio a aceptarlo, quiso modificar con su mente el curso de las cosas: se concentró con todas sus fuerzas en visualizar a su madre curada, en mover la energía positiva del universo para que la ayudara a mejorarse. Rezó, confió, pero todo fue en vano. A los cuatro días Constanza Herrera falleció.

La amargura fue absoluta en la familia Barkley. El sistema de creencias de Johnny se desmoronó junto con su vida entera. También para Gilverto el derrumbe fue decisivo, no podía entender por qué la vida lo golpeaba tanto. Había quedado huérfano de madre y padre cuando sólo tenía ocho años de edad. Para él, su hermana fue todo en la vida desde entonces. Nadie lo apoyaba y quería como ella. Constanza lo adoraba incondicionalmente, sin importarle que él fuera un muchacho reservado, y con un humor de perros, al que todo el mundo tendía a rechazar. Ahora la muerte se la había llevado a ella también. A ella y a Tom, que había sido como un padre para él. Todo lo que más amaba se había ido. Sólo le quedaba Johnny Barkley, su sobrino, que a juzgar por su corta diferencia de edad y por la forma en que los criaron, jugaba más bien el rol de hermano menor. Le tenía un fuerte cariño, pero, en lo más profundo, sentía unos celos inconfesables hacia él. Johnny, a pesar de ser muy joven, era exitoso en lo económico y profesional, tenía muchos amigos y le sobraban pretendientes. Caía simpático a todo el mundo, siempre terminaba lo que empezaba, triunfaba en todo, mientras él era un fracasado: feo, oscuro, obeso y perdedor. La absurda muerte de Constanza y Tom, tan repentina e injusta, tan apresurada y devastadora como había sido la de sus padres veinte años atrás, le hizo sentir que definitivamente Dios no existía y que el mundo era sólo un complot en su contra. Sumergido en una angustia incontrolable, y un odio total y generalizado, iba sin rumbo por la vida; se involucró con una mujer de la calle. Ella le presentó a sus amigos, personas muy poco recomendables, y de a poco se fue integrando a una pandilla de su barrio, conformada en su mayoría por latinos, aunque también había algunos negros y orientales. Se tatuó, probó la droga y el delito, y ese mundo cada vez lo fue atrapando más y más.

Cada tanto su sobrino tenía que ir a buscarlo a la comisaría y pagar una fianza. Lo encontraba drogado o borracho, acusado de robo o de disturbios en la vía pública. Ambos habían perdido el camino, la esperanza, los proyectos. La depresión era muy fuerte, pero Johnny había conocido otra cosa y no estaba dispuesto a permanecer mucho más tiempo en la oscuridad. Día a día recibía e-mails o cartas de sus lectores que le expresaban su agradecimiento, y le referían cómo sus palabras les habían ayudado a salir adelante en situaciones tan duras como la suya. Si ellos lo habían logrado, ¿por qué no él? La resignación se acercaba con pasos tímidos junto con la decisión inexacta de que algo tenía que hacer para salir del pozo. Una tarde, Johnny Barkley fue a su biblioteca, tomó solemnemente un ejemplar de Tu mente poderosa *y comenzó a releerlo con más atención que nunca.*

3.- La llegada de Clarita

Desde pequeña, me atrapaba muchísimo la posibilidad de un contacto entre mi mundo imaginario y el mundo real, y experimentaba casi a diario con esas cosas, por ejemplo, intentando visualizar un jarrón inexistente encima del televisor, con tanto detalle de textura forma y color que consiguiera que otra persona también lo pudiera ver. Suponía que el día que realmente llegase a creerlo con toda mi fuerza y convicción, lograría crear la ilusión en las otras mentes, como los magos, o los hipnotistas, era cuestión de ejercitar. También intentaba cambiar el pasado, creyendo con fuerza que había sido de manera distinta. Si pudiera lograr creerlo de verdad, podría trasladarme entre mundos paralelos, pensaba, pero mi convicción nunca llegaba a tanto porque siempre estaba allí mi raciocinio achacándome que eso no era más que un juego. Por años y años cultivé estas prácticas, con tenacidad, aunque las pocas veces que tuve algún tipo de éxito mis familiares lo atribuían a la casualidad o a una cuestión de estadística. También existía otra forma, no menos excepcional, en las que mis mundos se tocaban, las raras veces en las que un sueño se transformaba en proyecto, y ese proyecto en realidad, y cuando esto ocurría, un fuerte sentimiento de inmovilización desestabilizaba mis especulaciones, como una vez que con mis hermanos pensamos en hacer una huerta en el fondo de nuestro jardín, y con la aprobación de nuestros padres y la ayuda del jardinero, la llevamos a cabo, cuidándola día a día con esmero, y cercándola para protegerla de nuestra perra *Saya*, una ovejera hermosa, fiel y compañera, pero que por aquel entonces era una cachorrita destructora. Al tiempo, recogimos tomates perfectos, rabanitos, lechugas crespas y zanahorias finitas, que orgullosos llevamos a nuestra mesa. ¡Qué delicia ver, tocar y degustar, lo que en el pasado sólo estaba en nuestra imaginación!, el sabor era tanto más intenso ahora, el placer de que la imaginación terminara actuando sobre el mundo real, era indescriptible, y me daba miedo.

Mi hermano Martín y sus amigos sentían más a menudo ese placer, y yo lo sabía, y en el fondo saberlo me despertaba una cierta envidia. También los amigos de Diego, de modo más modesto, lograban hacer encajar sus mundos: planeaban paseos, y los concretaban, salidas al cine o a los jueguitos; más de adolescentes, incluso hicieron juntos un viaje a Miramar, él siempre tenía alguna novia, y escribía artículos para el diario de la escuela. Sus ideas evolucionaban hacia el comienzo, realización y finalización de algo concreto, mientras que mi vida se cortaba en la primera etapa del proceso, mi vida era de ideas puras, de eternos embriones que nunca llegaban a nacer. Aunque Diego y Martín tenían amigos de edades similares, formaban parte de dos grupos por completo dispares, cada uno en su territorio, marcaban las distancias, y lo mismo sucedía ente mi hermana Natalia y yo. A pesar de que sólo me llevaba un año y medio, sus amigas tenían un estilo totalmente distinto del de las mías, nunca jugamos juntas, nunca siquiera llegué a soportarlas: competitivas, superficiales, siempre que cuántas barbies tenés, que cuántos ponis tenés, que si las zapatillas son de tal marca o de tal otra, o que a mí me las trajeron de Miami, mientras que mis pocas amigas eran por definición unas soñadoras, todas tenían algo de locas, o de artistas, con ellas podíamos hablar de cualquier tema, desnudar nuestros defectos y debilidades sin temor al rechazo, lo material no tenía peso para nosotras, la verdadera riqueza está en el interior, no en los objetos que se poseen. La disparidad de nuestros grupos de pertenencia era fiel reflejo de las diferencias profundas que hacían que nuestra relación de hermanas se debilitara día a día, a pesar del intenso cariño que siempre sentimos la una por la otra. A Natalia le encantaba salir con sus amigas, ir de compras o a la heladería, andar en bicicleta, practicar deportes y vestir a la moda, yo estaba contenta con jeans gastados y cualquier remera lisa, y prefería quedarme en casa tranquila, leyendo libros de cuentos, dibujando o mirando televisión. Los juegos que a mí me divertían, a ella le aburrían, y viceversa, era muy difícil encontrar actividades que nos entusiasmaran a ambas, o algún tema de conversación. Mis preocupaciones y centros de interés, sobre los que pasaba horas y horas divagando sola, o acaso con mis amigas, eran para ella fastidiosos, si no ridículos, abstractos y sin sentido, mientras que sus temas me eran frívolos y huecos, y esta brecha fue aumentando con los años; físicamente nos parecíamos mucho, más de una vez nos confundieron por mellizas, misma familia, misma educación, qué extraño que hayamos evolucionado en sentidos tan distintos, es como si mi cerebro y el de ella hubieran desarrollado las secciones opuestas, cruzadas, complementarias.

(Te observo dormir.
Admiro el rostro tierno que se ha ganado mi corazón.
Es muy temprano, ni siquiera salió el sol, pero se escuchan movimientos, parece que todos estuvieran ya levantados.
Golpean la puerta.
Es Irene. Hay desesperación en su voz.
Julius tuvo un ataque.
Nos levantamos y sin siquiera ponernos una bata salimos corriendo hacia el cuarto de hospedados donde él se encuentra.   )

La vida ermitaña parecía estar en mis genes porque desde mi más corta edad sentí la necesidad de tener un cuarto individual; luego de luchar en pos de él durante algunos meses, obtuve un rincón propio en el altillo. Aunque el techo era muy bajo, en especial hacia los costados, era el ambiente más espacioso de la casa después del living, ya que ocupaba íntegramente la tercera planta. Se subía por una escalerita de madera desde el pasillo que daba a los demás cuartos, y hasta que ubicamos allí mi lugar había sido un playroom al que no le dábamos mucho uso. El piso era de baldosas blancas, muy frío en el invierno porque en realidad aquello no había sido diseñado como dormitorio, tenía cuatro ventanas, una hacia cada lado de la casa, y la del frente era un gran semicírculo con una vista amplia que me encantaba. Colocamos allí mi cama, una estantería donde alineé mis libros, juegos, y demás objetos, un ropero de dos puertas y cuatro cajones para mi ropa, una alfombra en el centro y nada más. Daba la sensación de demasiado espacio vacío para tan poquitas cosas, pero a mí me gustaba así. Más adelante subimos la mesa de dibujo de cuando mamá estudiaba arquitectura, con regla T y todo. Y allí me pasaba horas dibujando o escribiendo. Años atrás, mamá había venido de su pueblo natal de Goya, en Corrientes con la idea de estudiar, pero recién llegada a Buenos Aires conoció a papá, gracias a la presentación de una amiga en común, al segundo año se casaron, y ella prefirió dejar la carrera para dedicarse a su casa y su familia. Mi abuela materna aún vive en Corrientes, pero no la hemos visto más que dos o tres veces en nuestra existencia. Mamá tiene muchas críticas sobre la forma en exceso severa en que la educaron, incluso le pegaban, algo que ella jamás repitió hacia nosotros. Quería ser arquitecta y esa también podría haber sido mi profesión, porque me encantaba dibujar, en eso salí a ella. Desde cuarto grado hasta finalizar la secundaria concurrí a clases extracurriculares de dibujo y pintura, y siempre conseguía felicitaciones y premios, más por la originalidad de mis obras que por la técnica, ya que nunca hacía casitas y nenas, sino que me dejaba fluir, desde muy pequeña, con diseños extravagantes, llenos de objetos pequeños apretujados llenando el papel con colores intensos. Diseños surrealistas, que encerraban historias indescifrables que sólo yo podía ver. A los diez años empecé a pintar un mural en la pared más grande de mi cuarto, enfrentado a la ventana en forma de D. Cada vez que tenía alguna idea o me sentía inspirada, le agregaba nuevos elementos, a veces tapando a lo que ya estaba antes. Pocas cosas disfrutaba más que pintar en aquella pared, o que observarla. Me sentía muy libre en ella, porque casi nadie subía a mi cuarto. Lo había convertido en una especie de fortaleza que requería de permisos espacialísimos para ser flanqueada. Las figuras más grandes que resaltaban en mi mural eran, hacia la izquierda, un tren cargado de animales y seres extraños, que penetraba, como si fuera un túnel, en la boca abierta de un león, que más que león parecía un gato bobo porque no me salió bien la expresión de fiereza, en el centro lideraba, sobre su triángulo verde musgo y equilátero, el gran ojo que todo lo ve, y abajo a la derecha el sol se ocultaba —o nacía— detrás de un mar rojo y furioso, que aunque disimulaba con reflejos en amarillito y celeste pastel, sólo yo sabía que era la sangre de las personas que más han sufrido en el mundo, víctimas de la violencia, de la guerra y de la intolerancia. Por distintos lados había símbolos, algunos orientales o místicos, otros inventados por mí, y muchas pero muchas caras, con distinta cantidad de ojos, representando a los más variados sentimientos, estaba Demián simbolizado en un angelito regordete, mirándome desde una nube lilácea, y varios personajes de historias que creé en mi mente. Yo era una mujer tallada en madera, mis brazos se transmutaban en las ramas de un árbol frondoso y lleno de vida cuya extravagante copa ocupaba la mitad superior de la pared. Así es como me veía en el momento que decidí autorretratarme en el mural: quieta, pero rebosante de energía y potencialidad. De adolescente volcaba mi rebeldía en el mural, con algún descuartizado o torturado, y también con gente desnuda. Y luego no es que me arrepintiera, pero sentía que aquello no debía permanecer allí, porque sería exponer mucho de mí si alguien lo viera, y entonces cuando la pintura se secaba, luego de llenar mis ojos con la imagen creada, procedía sistemáticamente a cubrir lo prohibido con ropas, telas, y vegetación. Debía darles varias manos para que no se trasluciera un pezón, vello púbico o una herida, hasta que quedaba perfecto, lleno de latencias, inocente para quien no supiera mirar más allá.

Pero me estoy adelantando demasiado, y quiero ir paso por paso, venía contando la época en la que recién me acomodé en ese cuarto, cuando aún usaba dos colitas, y la pared era blanca y lisa. Desde el principio, me sentía muy feliz en aquel espacio, escaso de muebles, de juguetes y de adornos, pero mío, mi universo privado, mi lugar en el mundo, sin música fuerte, sin tener que respetar las estrictas ubicaciones caprichosamente establecidas para los diversos tipos de chucherías que circulaban en el cuarto de mi hermana, quien ahora estaba más contenta por ser reina de aquel lugar, que al poco tiempo se volvió más rosa y brillante aún de lo que ya era. Una vez me propuso que le contara quién me gustaba, y ella me diría quién le gustaba a ella, yo con voz bajita y mirando hacia el piso, insegura pero queriendo confiar, empecé, por ser la más pequeña, y como resultado sólo conseguí risas y burlas, que pronto se extendieron a sus amigas y me martirizaron durante largos meses, mientras que ella jamás cumplió con su parte; no sólo faltaban los intereses en común, ahora faltaba también la confianza. Nuestra helada relación llamaba la atención a los que nos veían interactuar, o, mejor dicho, casi no hacerlo, y era el estereotipo de lo que sucedía en realidad en la familia, entre los cuatro hermanos, y también con nuestros padres, si me acosaba alguna preocupación, temor o duda importante, no tenía a quién acudir dentro de la familia, incluso mamá, con su mejor predisposición a aconsejar, con su inconcebible capacidad de *decir* cosas, tenía un sistema de creencias y valores tan esquemático que, sin imaginarlo, nos hacía limitar nuestra libertad de expresión ante ella, así, de a poco, nos fuimos convirtiendo en una familia de soledades.

Tal vez para ablandar un poco ese hielo y darnos una lección de amor, vino al mundo, cuando ya nadie lo imaginaba, mi hermanita Clara; yo tenía diez años, mi mamá cuarenta y cuatro, y nos dieron la sorpresa de que estaba embarazada, ¡otro hermano!, la verdad es que pensábamos que ya no íbamos a tener ninguno más, pero fue una maravillosa noticia, dejaría de ser la menor de la familia, y ya era bastante grande como para disfrutar del bebé, ayudar con la mamadera, los pañales y todas esas cosas. Durante los meses del embarazo me volqué mucho hacia mamá, disfrutaba estar con ella, que ahora tenía los rasgos más suaves que nunca, me encantaba ser su compañera, ayudarla con sus controles, hablarle con dulzura al bebé, besar aquel vientre, cada vez más redondo, que exponía las antiguas hendiduras de amor y dolor que cada uno de nosotros había dibujado en él a su paso. Esperaba con cierta ansiedad el momento del nacimiento, iba a ser una experiencia totalmente nueva para mí, que hasta ese momento sólo ensayaba mi instinto maternal con mis muñecas.

Un domingo estábamos las dos preparando galletas azucaradas de limón para la merienda, cuando de repente veo un incipiente charco debajo de mamá, su expresión se transformó de un instante al otro en la desazón desesperada de quien recibe un anuncio del fin del mundo, ¡Oh, no!, ¡rompí bolsa!, ¿qué voy a hacer ahora?, ¿Romper bolsa?, ¿qué era eso?, ¡No puede ser!, ¡me quiero morir!, ¡quiere decir va a nacer el bebé ahora, y todavía falta tanto para la fecha, Dios mío!, exclamaba desesperada, buscando el teléfono, papá estaba en una guardia, Tomate ya un taxi y venite para el hospital, yo te voy a estar esperando acá, tranquila, mi amor, yo llamo a Nancy para que vaya a cuidar a los chicos, todo va a estar bien, ¿Qué va a pasar, mami?, ¿te ayudo en algo?, ¿va a estar bien el bebé?, Acompañame al hospital, decile a tus hermanos que se queden acá tranquilos que en un ratito llega Nancy, me cambio en dos segundos este enchastre y enseguida salimos.

(Julius tiembla en el piso.
Las convulsiones lo sacuden como si se librara una lucha de
gatos salvajes en su interior.

Me pasas una almohada que coloco bajo su cabeza.
Entre los dos tratamos de sostenerlo.
Tengo miedo, pero no puedo permitir que ese miedo me inhiba.
Julius me necesita.
Su ataque es muy brusco y si no lo ayudamos podría hacerse un daño
irremediable. Lo ponemos de costado para evitar que se ahogue en caso de que
vomite.
La crisis no tiene intención de amainar. Lo dejo en tus manos y corro a la
enfermería a buscar el inyectable.
Se lo habría pedido a Irene pero ella no sabe cuál es.
Regreso a toda prisa, y se lo aplico.
La jeringa es de vidrio y la aguja no es descartable, pero da resultado.
Las convulsiones ceden.
Le desabrochamos la camisa y lo acostamos en la cama.
Está cubierto de sudor.
Respira por la boca.
Yo también. Mi corazón está a mil. Quisiera llorar o gritar.
Te abrazo.   )

En la puerta nos esperaba papá, con otros doctores, ¿Estás bien, mi amor?, ¿por qué viniste con la nena?, Perdoname, no me animaba a venir sola en el taxi, tengo mucho miedo, lloraba, ¿qué le va a pasar a mi bebé?, Va a salir todo bien, tranquila; Linita, quedate ahí sentada un momento mientras acompaño a mamá para que la revisen, no te muevas de ahí, y entraron a un consultorio. Me quedé petrificada, esperando novedades, si nacía ahora el bebé se podía morir, pobrecito, qué desgracia, me puse a llorar desconsoladamente, me temblaban las rodillas fuera de control, y una anciana muy amable, encorvada sobre su bastón como abuelita de cuento, me vino a consolar, me ofreció una gaseosa, y escuchó mis penas, No sufras tanto por adelantado, querida, con casi siete meses muchos bebés sobreviven, además no es seguro que tenga que nacer ahora, quedate tranquila, pero el tiempo pasaba y yo me desesperaba más al no tener novedades. Mil siglos más tarde, papá vino a buscarme, Mamá está bien, pero tienen que internarla, rompió bolsa porque tenía una infección asintomática, ¿Y el bebé?, Tengamos fe de que las cosas se van a solucionar, vamos con mamá, la pasaron a una habitación, van a darle unas inyecciones que ayuden a madurar los pulmoncitos del bebé, porque va a tener que nacer antes de lo previsto, si naciera ahora tendría muy escasas posibilidades de sobrevivir, pero con las inyecciones de corticoides, si logramos retenerlo unos días los riesgos van a disminuir, y si Dios quiere va a poder respirar por sí mismo, lo importante ahora es darle mucho amor y esperanzas a mamá, que lo necesita, y no llores más, que no te vea así porque es peor; vamos, lavate la cara y vamos a ver a mami un rato, ella se va a quedar a dormir acá, y yo la voy a acompañar, y ya llamé a tu tía Margarita que te va a venir a buscar para llevarte a casa.

Los ojos de mi mamá eran de vidrio, nunca la había visto tan frágil, ni llegado a comprender lo inmenso de su amor maternal hasta ese día, entré y me abrazó con ternura, No te preocupes, mi chiquita, no tengas miedo, se decía acariciándome, pero la infección no bajó a pesar de los antibióticos, y apenas cuatro días después la tuvieron que llevar a cesárea. La bebita nació pesando unos miserables mil cien gramos, estábamos destrozados, nos dábamos afecto y aliento mutuo, como debiéramos hacer siempre y no sólo en los momentos difíciles, nada más pensábamos en una cosa, en esa pequeña criaturita a la que aún no habíamos podido ver, porque estaba en terapia intensiva, luchando por la vida aunque ni siquiera supiera en que consistía vivir. Unas semanas más tarde, cuando le sacaron el respirador artificial, me llevaron por fin a conocerla, tuve que ponerme una túnica y lavarme las manos con un líquido amarillento antes de ingresar, prometí el más absoluto respeto y silencio, entré, y no pude creer lo que vi a través del vidrio de la incubadora, era tan, pero tan pequeñita que cabía en la palma de la mano de un adulto, sus deditos eran diminutos, y su cara tan fea, pero a la vez tan hermosa, nunca habría imaginado que un bebé podía ser del tamaño de un cachorrito de gato, quería alzarla, sacarla de esa máquina espantosa, arrancarle los tubitos que tanto la molestaban, y llenarla de besos y caricias, cantarle, decirle, Vamos, tenés que aguantar, que la vida merece ser vivida, y yo te necesito, te amo, hermanita, tenés que salir de ésta, pero me tuve que ir, mi hermana Natalia estaba esperando afuera, era su turno de sufrir la cruda realidad.

Después de conocerla nada volvió a ser lo mismo, era imposible resignarse a que tal vez no lograra sobrevivir, su frágil salud se volvió una obsesión para mí, para todos, en casa la vida transcurría gris, hablábamos entrecortado, nada era natural, ya ni mamá sonreía, ni Diego bromeaba, ni Martín hacía travesuras, convivíamos con el temor permanente de oír la mala noticia, ¿Cuánto pesó hoy?, era la pregunta infaltable de cada día. A veces tenía unas apneas, que eran unas pausas respiratorias típicas de prematuros, según nos decían, pero que desesperaban a mamá y papá, quienes intentaban disimularlo, pero nosotros sabíamos que eran algo muy malo, sólo quedaba esperar un milagro, y rezar, Señor, ¡por favor te lo ruego, por lo que más quieras, mi hermanita se tiene que salvar!, ¡por favor!, es muy injusto que se muera sin siquiera conocer lo que es jugar, lo que son los amigos y el amor, sin haber visto una flor, te lo imploro, Diosito, tomá lo que sea a cambio, no me importa, sólo quiero que ella pueda vivir, yo te prometo que si se salva yo voy a dar todo por ella, va a ser más importante para mí que yo misma, en serio, te lo prometo, la voy a amar, a proteger y a ayudar toda la vida, voy a dar todo de mí para que sea feliz, sólo dame la oportunidad de demostrártelo. Cada mañana, al salir el sol, ella seguía allí, y eso en sí era un gran logro, fuente del más secreto de los alivios, ya que nadie exteriorizaba realmente su miedo. De a poco las cosas se fueron encaminando, festejamos cada avance: cuando volvió al kilo —en los primeros días había bajado a 957 gramos—, cuando mamá pudo amamantarla por primera vez, cuando pasó a la sala de cuidados intermedios y ya no hacía más apneas, y, finalmente, el momento más esperado, el alta médica. Fueron sesenta y cuatro días de sufrimiento y esperanza, de plegaria y reflexión, y el trece de septiembre del año noventa, Clara salió por primera vez a la calle, pesando dos kilos doscientos, envuelta en una mantita, a upa de mamá, con papá firme a su lado, y los cuatro hermanos, rebosantes de emoción y agradecimiento, mientras sentíamos el viento en la cara y no podíamos creer que estábamos allí con ella. Cuando bajamos del auto, y atravesamos juntos la puerta de casa, me eché a llorar, ¡Gracias, Dios, por este milagro!, ¡te amo, te juro que voy a cumplir mi promesa, y que voy a hacer lo imposible por merecer lo que hiciste por nosotros!, y la dejamos dormir por primera vez en su moisés.

(Todos están asomados a la ventana.
Vamos nosotros también, a ver lo que sucede.
Afuera una multitud de gente desfila por la calle.
Vestidos con mil tonalidades y texturas, adornados con collares, cuernos y pulseras,
van tocando tambores y panderetas y bailando alborotadamente.

Con sombreros y el amarillo fuerte resaltando sobre todos los demás colores,
cargan algunos muñecos de tela, y giran a lo locos ¡cómo mareará eso!
¿qué están festejando?   )

Clara volvió al hospital reiteradas veces, por control, por algunos problemitas en el corazón, y por sus retrasos de crecimiento; siempre fue muy pequeñita de tamaño para su edad, incluso hoy, que tiene dieciséis años, parece de doce. Comencé a cumplir la promesa tan pronto tuve la ocasión de hacerlo, la acunaba hasta dormirla aunque me muriera de sueño y mi mamá insistiera en su ofrecimiento de continuar con la tarea; más de grande le cedía mis golosinas, le prestaba mis juguetes aunque los rompiera, y no me costaba hacerlo, porque no había sido una promesa vana sino el fruto sincero del inmenso cariño que sentía por ella. Cuando tuvo la edad suficiente para dormir en cama, decidimos que, mejor que con Natalia, estaría conmigo en el altillo; al principio me costó un poco resignar la independencia a la que estaba acostumbrada, pero dentro de todo su presencia no me era invasiva, por lo que compartir mi espacio con ella no significó un gran sacrificio a mi intimidad. Esta frágil muñequita de porcelana que ahora dormía a metros de mi cama me originaba una mezcla de ternura, intriga y fascinación, y me recordaba día a día que la fuerza de Dios es inmensa y hace milagros. Blanca y delicada, con su mirada perdida y sus movimientos lentos, tenía cuatro años y todavía no hablaba, se quedaba sentadita con sus juguetes, podía estar horas construyendo una interminable hilera de bloques de madera, sin aburrirse, Háblenle mucho, chicos, cuando más le hablemos más le vamos a facilitar el aprendizaje, parece que habían dicho los especialistas, no había noche en que no le contara un cuento a la hora de dormir. Al revés de muchas personas para las cuales esta actividad resulta tediosa, yo disfrutaba de inventarlos y desplegarlos con distintas variaciones, a pesar de intuir que quedaban fuera del alcance de la comprensión de Clara, que en verdad se quedaba dormida apenas comenzado el relato.

Hoy titubeo al pensar en qué lugar de la mente de mi hermana habrán quedado esos cuentos que oyó en sueños y en silencio a lo largo de incontables noches a mi lado. Nunca me animé a preguntarle si recuerda algo de esa larga época. Quizás, tampoco ella se atrevió a expresármelo. Lo cierto es que nuestras mil y una noches algo habrán hecho para que un día Clara balbuceara sus primeras sílabas y para que durante el resto de nuestras vidas mantuviéramos viva aquella temprana cofradía. Al poco tiempo ya había desarrollado un vocabulario complejo, aunque no le daba mucho uso ya que conservó su inquietante pasión por el silencio, las pocas veces que hablaba, solía dejarnos boquiabiertos por la precisión de sus observaciones, que hacía pensar que mientras uno la creía ausente ella estaba escuchándolo y entendiéndolo todo, y a menudo nos petrificaba con su increíble capacidad para leer los pensamientos de los demás, así como adivinar acontecimientos futuros. ¿Mañana que no tenés clases, vamos juntas a la plaza con Saya?, me preguntaba un martes cualquiera, y la mañana siguiente al llegar a la escuela resultaba ser que teníamos que volver a casa por una amenaza de bomba, de esas que siempre son falsas, pero por las dudas mejor respetar. Anunciaba quién llamaba con sólo oír el timbre del teléfono, predecía las tormentas mejor que los meteorólogos, y cada vez que preguntaba por un familiar o conocido, sabíamos que con gran probabilidad algo significativo, bueno o malo, le habría sucedido a esa persona. Clara tenía una misteriosa conexión con la trama secreta del universo. Deambulaba por la vida inquietantemente cerca del mundo de las ideas, de la sabiduría eterna.

(*-¿Qué opinás sobre la adopción?*
- ¿Por qué pensar en eso? Podríamos tener un hijo propio, ¿no te parece?
- Sí, ya lo sé, pero eso lo veo para más adelante, qué haríamos con un bebé, con esta vida errante que llevamos…
-Deberíamos dejar todo. Establecernos.
-Y eso no es lo que queremos.
-No por ahora.
-Pero en cambio si adoptáramos a uno de ellos… ya son parte de este mundo, lo único que aportaríamos sería luz a su vida.
-¿Estás pensando en alguien en especial?
-Apuesto a que lo adivinás.   )

4.- "Tu mente Poderosa"

"Las limitaciones que nos separan de nuestros objetivos son fruto de nuestras propias convicciones. Están allí, porque nosotros las imponemos, porque no confiamos lo suficiente en nuestro poder para derruirlas. Cuando tenemos claro nuestro objetivo, sólo hace falta que desarrollemos dos estrategias para convertirlos en realidad. Una de ellas es la fe, confianza plena en que somos capaces de lograrlo, en que nos dirigimos hacia allí. Una fe que debe surgir desde las capas más profundas de nuestra mente, con la fuerza de una convicción absoluta para ser efectiva. La otra es acción. Acción inteligente que apunte a la consecución de nuestras metas por los métodos directos, a través de los mecanismos conocidos, de causa y consecuencia de la realidad cotidiana. Cuando estas dos estrategias son llevadas a cabo simultáneamente, ponemos la energía del universo a trabajar para nuestro fin. Nos sumamos a esa energía infinita y poderosa, nos hacemos uno con ella, y pronto veremos cómo, en forma paralela a las consecuencias lógicas esperables de nuestra estrategia de acción, se irán sumando otras insospechadas, inexplicables, asombrosas, que nos irán abriendo caminos que cada vez nos acerquen más a nuestro sueño. Hasta que un día, antes de lo que imaginamos, descubriremos que ya hemos llegado".

Johnny leía sus propias palabras plasmadas en aquel libro de tapas duras y brillantes, e intentaba volver a hacerlas suyas, a creerlas, a sentirlas, como tan sólo un par de años atrás, cuando las escribiera. En aquel momento todo era sencillo para él. La muerte era sólo una sombra lejana, que no acosaría a sus seres queridos seguramente hasta la vejez. Recordaba bien el momento en que escribió aquel párrafo. Fue un día muy especial, ya que venía de besar a Jessica Hacker por primera vez. Ella era hermosa, la más hermosa de toda la escuela. Inteligente, simpática y popular, y además un año mayor que él. Johnny era un simple muchacho latino, hijo de una inmigrante cubana, petiso y de piel oscura; un poco feo, con calificaciones que no superaban el promedio, y muy, pero muy malo para los deportes. El sentido común sentenciaba que sus chances con Jessica eran nulas, pero luchó en contra de ello. Se fue acercando a ella, a través del camino de la acción, a través de mil gestos de amor y caballerosidad. Le escribió cartas y poemas, se ofreció a ayudarla con sus tareas; le propuso ser su amigo incondicional, siempre cuidando de no molestarla, procurando que no se sintiera acosada sino halagada por él.

Mientras tanto, Johnny trabajaba también en su fe. No quería ver a Jessica como un ideal imposible de alcanzar. Sabía que esta actitud elevaría un muro entre ellos. La veía en cambio como su pareja, como su amor real y concreto, que aún debía superar algunas etapas antes de decidirse a estar junto a él, pero que iba en camino a ello. Así fue que la energía del universo conspiró en su favor, y una tarde de verano se besaron en el local de Barkley's. Era una época de grandes éxitos para Johnny. La vida le sonreía, se había subido a una rueda de energía positiva que lo acogía cada vez más en su seno maternal. Sus amigos le decían el Midas porque todo lo que tocaba lo convertía en oro. Y el ejemplo más clásico de esto era el cambio de estilo que impulsó en Barkley's, el restaurante de comida rápida de sus padres.

Todo empezó por un trabajo práctico que Johnny tuvo que hacer para su clase de sociología en la escuela. Decidió averiguar sobre los intereses de los adolescentes, y los resultados de su investigación revelaban que el deseo de expresarse era fuerte en la mayoría de ellos. Por este motivo decidió trasladar este concepto a la práctica, proponiendo a sus padres que le permitieran hacer unos cambios en Barkley's con el fin de atraer a los estudiantes hacia el local. A pesar de que estaba cerca de la escuela, los adolescentes no solían frecuentarlo. Era un modesto punto de reunión más que nada para hombres solos, que tomaban un café mientras leían en diario a la mañana, o pasaban por una hamburguesa y una cerveza a la tarde. Sólo tenía cinco mesas, que rara vez llegaban a ocuparse todas. El resto del espacio estaba ocupado por estanterías donde Constanza y Tom colocaban todo tipo de objetos que pretendían vender, pero que en general terminaban consumiendo ellos mismos, regalándolos a los pobres o tirándolos a la basura. Intentaba ser un minimercado concentrado en el que se pudiera encontrar todas las cosas necesarias para la vida moderna. Vendían artículos de farmacia y de limpieza, material de estudio, alimentos, juguetes y hasta algunas ropas y calzados. Si alguien les preguntaba por algo que no tenían procuraban abastecerse de ese artículo en el futuro, aunque por lo general nadie volvía a necesitarlo. Los objetos aguardaban solícitos en los estantes a que alguien los introdujera en sus canastillos azules, para luego llevarlos a su hogar y destinarlos a la función para la que fueron diseñados. Pero la gente que pasaba por la calle seguía de largo, como si Barkley's no existiera, como si allí hubiera un muro o un árbol. El local era atendido por sus dueños y no tenían ningún empleado que los ayudase: no daban los números para eso.

El proyecto de Johnny consistió en retirar todos los estantes, abandonar el concepto de minimercado, ya que los ingresos por la venta de artículos eran insignificantes, y completar todo el espacio con mesas definiendo el perfil del local como un restaurante de comida rápida, sin más.
Cubrió todas las paredes con grandes placas de corcho, y sobre las mesas esparció papeles y fibras de colores. Fue el primero en escribir mensajes en los papelitos y colocarlos clavados con chinches sobre las paredes. Llevó para el local su equipo de audio, junto con algunos casettes de música de onda, y repartió en la escuela invitaciones para la reinauguración: habría gaseosa libre y hotdogs para todos. Los cambios fueron sencillos, pero la iniciativa de los papelitos tuvo buena acogida entre los estudiantes, que pronto empezaron a llenar las paredes con sus dibujos, poemas, grafittis, fragmentos de letras de canciones, corazones con iniciales y flechas, frases, y todo tipo de mensajes. Necesitaban expresarse, como Johnny había descubierto en su trabajo de investigación, y en Barkley's habían encontrado un nuevo medio para hacerlo, y de paso, sentarse a estudiar tomando unas malteadas, o a conversar con sus amigos mientras comían unos nuggets con Coca. La pared encorchada se había vuelto un icono que nadie en la escuela podía dejar de conocer. Esa colección de mensajes despertaba una curiosidad incontenible. "Tal vez allí se diga algo sobre mí", pensaban, y a menudo tenían razón. No había censura sobre el contenido que los papeles podían tener. Esa pared era la expresión de la libertad de los cientos de jóvenes que día a día dejaban un testimonio de sus almas sobre ella.

Así Barkley's fue creciendo, y al poco tiempo pudieron contratar dos empleadas; y lo mejor de todo, Constanza pudo dejar de trabajar allí y dedicarse por fin a su pasión, que venía postergando desde hacía años, desde que había llegado de Cuba: la música. Y así fue que una tarde, desde la barra Johnny vio a Jessica acercarse a la pared, papel anaranjado en mano, y tímidamente dejar allí clavado un mensaje que decía: "Ojalá todos en la vida pudieran lograr así de fácil lo que se proponen". Casi saltando sobre ella para llegar a tiempo de leerlo antes de que se confundiera en la colorida multitud, se asomó por detrás de su espalda (tanto que ella podía sentir su aliento sobre la nuca); le preguntó si con ese mensaje se refería a él. Ella asintió temblando sutilmente, y le susurró que admiraba cómo había podido sacar adelante ese negocio, que antes estaba en decadencia.

—Sabes que lo único que desesperadamente necesito lograr es tu amor, y eso aún no lo he conseguido —respondió Johnny, como interrogándola con su afirmación.

Jessica lo miró a los ojos, enfrentó su cara con la de él, respiró hondo y dejó fluir su tan ansiada respuesta:

—¿Estás seguro?

Más que las palabras fue el lenguaje corporal lo que le hizo saber a Johnny que su sueño se había vuelto realidad. Ambos sonrieron, él le acarició la mejilla, y se besaron allí mismo. Con una pasión madura, fruto de los largos meses que duró el juego de la conquista, si bien contenida por la inexperiencia de los involucrados. Un grupo de estudiantes, compañeros de curso de Jessica, observaban la escena sorprendidos desde su mesa, y el papá de Johnny la celebraba desde atrás del mostrador. Pero ellos estaban allí, absortos del mundo, envueltos por la maravilla de su beso suave, glorioso y tan esperado.

El noviazgo de Johnny y Jessica fue breve. Brevísimo en comparación con el tiempo que tardaron en llegar a él. Ella era muy insegura en cuanto a su sexualidad. Lo besaba con extrema reserva por temor a que él quisiera propasarse y llegar más allá. Además se mostraba incómoda de que alguien pudiera verlos juntos, como si dudara de su elección. Las amigas de Jessica no aprobaban de buena gana el hecho de que ella saliera con alguien como Johnny. Y eso a ella inevitablemente le influía. En sus escasos encuentros a solas, Johnny fue conociendo las falencias de la Jessica real.

Ella tenía una voluntad débil, era sugestionable, tenía tendencia a dejarse llevar por la corriente. En eso era opuesta a él y a sus convicciones. Al estar a su lado descubrió que a quien él amaba no era a Jessica, sino a una imagen idealizada que tenía de ella, por eso la dejó ir. Jessica lloró, pidió perdón, prometió cambiar, pero la decisión ya estaba tomada.

El amor seguía siendo una materia pendiente en la vida de Johnny, pero él se sentía realizado, porque al menos había logrado llegar a la muchacha. Ese había sido su objetivo primario y pudo cumplirlo. Si no hubiera avanzado hasta allí, nunca hubiese descubierto la realidad de la dinámica de una relación entre ellos dos. Se habría quedado por siempre con la duda de cómo habría sido estar juntos, o más que con la duda, con la certeza errónea de una pareja ideal. Johnny estaba convencido de que su mente era poderosísima y capaz de lograr cualquier cosa que quisiera en la vida. Por eso llenaba hojas y hojas de su libro, con la intención de ayudar a otros para que también pudieran lograrlo. Aunque la pareja no funcionó, Jessica había significado para él otro éxito que demostraba que su técnica era infalible. La estrategia de acción y fe había dado resultados una vez más.

5.- El Planeta Lina

Cuando cumplí trece años mi madrina me obsequió un cuaderno pequeño pero gordito, de tapas de cuero amarronado, con mi nombre —*Lina Guzmán*— grabado en dorado; recuerdo cuando lo sostuve entre mis manos por primera vez, extrañada, sin entender al principio si era un libro, un álbum de fotos, una reliquia familiar guardada por generaciones, o qué. Al abrirlo, descubrí con fascinación sus hojas sin letras, de un rosa pálido, decoradas con un marco de ventana victoriana, en un rosa sutilmente más intenso, con sus flores, firuletes y pajaritos; dentro de las ventanas, los renglones vacíos insinuaban su magnética invitación, *Para que en estas hojas escribas tus sueños*, determinaba la dedicatoria, y fue un gran regalo para mí, porque me ayudó a descubrir la escritura como forma de expresión y autoconocimiento. Casi todos los días tenía algo para registrar, y no me importaba la longitud, ni siquiera la coherencia de lo que anotara, lo que fuera que surgiera de mí iba a parar allí: pensamientos filosóficos, sueños de los que se tienen mientras dormimos, y también de los otros, inquietudes de la vida cotidiana, ideas, temores…, ¡todo! Mi cuaderno se convirtió en un amigo confidente, en realidad mi cuaderno no era sino yo misma, en un formato distinto, mi mente reducida a dos dimensiones, presentada en forma de guirnaldas de tinta azul sobre fondo claro, por eso mi cuaderno, además, era mi tesoro, lo guardaba con disimulo entre mis libros, y estaba segura que si algún día alguien lo leyera, sería como si tuviera ante sus ojos mi alma desnuda.

Ya estaba en secundaria, y hacía años que no veía a Demián; desde que mi hermano se cambió de escuela —y con ella de amigos, y perdieron relación entre sí—, pero a pesar de eso su nombre en clave se repetía cada tres renglones, promedio, en mi cuaderno. En aquella época, muchas de mis fantasías eran de amor, aunque carecían de componentes sexuales, por mi falta de conocimientos al respecto; por lo general el cartelito de fin llegaba en el momento del primer beso, o quizás ante el altar, o en la vejez, jugando con nuestros nietos, pero mi imaginación no solía envolverse entre las sábanas. Seguía diciéndoles a mis amigas que estaba enamorada de ese tal Demián, quien de seguro ya estaría alto y con voz de gallo, y probablemente hubiera perdido el encanto inocente de sus bucles dorados, y su talante de ser alado, pero yo prefería mantenerme atada a esa imagen idealizada, antes que atreverme a mirar a la cara a alguien real, que habitara mis mismas coordenadas espaciotemporales.

Tuvieron que pasar varias primaveras —y un par de enormes ojos celestes—, para que pudiera al fin salir de ese laberinto de espejos y arrojarme de clavado en las profundidades de mi nueva aventura romántica. Fueron los ojos de Marcelo, un chico de quinto año, que un día, en el patio del recreo, se cruzaron con los míos regalándome nuevas alas, fuertes y blancas como las de un águila, que me ayudarían a volar alto, bien lejos del piso, y de él, durante casi otro lustro entero. Cuando supe que era de sagitario igual que Demián, lo interpreté como una señal del destino que me dejo atrapada sin remedio entre sus redes. Mi mundo de ilusión se enriqueció con la fuerza de las hormonas, andaba como un fantasma, con mi mirada fija en su rostro viril, aunque él estuviese en su clase y yo en la mía, aunque yo estuviera en mi casa y él en su departamento; su presencia llenaba mi mente, las sílabas de su nombre anulaban mis oídos y su lejano perfume suprimía mi olfato. Mis notas en el colegio comenzaron a decaer, y hasta Clarita, que nunca hablaba, me expresó su disgusto por la poca atención que le estaba prestando.

Un cierto martes trece —aunque no soy supersticiosa, nunca dejó de resultarme llamativo que esa haya sido la fecha de aquel día que tanto marcara a mi familia— empezaron las conmociones cuando a la salida del colegio me dirigía, como todos los martes, a mi clase de dibujo, y un muchachito que venía en moto se detuvo ante mí y me dijo: ¿Te alcanzo a algún lugar?, Marcelo se quitó su brillante casco rojo, que yo tan bien sabía repetir en mi memoria, y arrimado al cordón de la vereda, me ofreció una sonrisa de propaganda, cabeceando en claro gesto de invitación. Me acerqué a él, temblorosa, pero sin atreverme a darle un beso, y, congelada, sin poder fingir una gota de carisma, como una verdadera idiota, no pude pensar en nada y le dije la verdad, No gracias, estoy acá a una cuadra; Ok, otra vez será, me guiñó el ojo con un dejo de timidez, se puso el casco, dejando asomar sobre su espalda su colita rubiona y ondulada que tanto me atraía, saludó con la mano y siguió su camino, sin mí. Entré a la clase casi llorando, acongojada por mi rotunda falta de rapidez mental o "viveza", podría haber faltado y pedirle que me llevara a casa, que quedaba a veinte cuadras de allí, o inventar cualquier cosa, que iba para el Boulevard Shopping, por ejemplo, si aceptaba que él me llevara tal vez se me declaraba, tal vez me besaba, ¿por qué me invitaría, si no?, o, en última instancia, al menos podría haber recorrido ese tramo pegada a él, abrazándolo desde atrás, sintiendo al fin con mis manos el roce de su famosa chomba negra de *Legacy*, habría sido un formidable acercamiento inaugural, y lo desperdicié, lo dejé pasar, cómo pude ser tan estúpida, resoplaba, mientras garabateaba, desganada, con carbonilla, sobre el papel Canson. Liliana, la maestra, que me conocía bastante bien, me preguntó con cariño qué me pasaba, y yo le confesé que estaba mal por cuestiones del corazón, y que mejor quería irme a mi casa porque no me sentía nada inspirada, y así fue como llegué esa tarde a casa, cerca de las seis, a enterarme de que la odisea recién empezaba.

(Estoy en el baño.
Un calor insoportable me sube a la cabeza, me marea, me aprieta el estómago.
No es nada que comí.   Es lo que acabo de leer.

Los sobres están sobre la banqueta de madera.
Las lágrimas me ahogan y aunque no hay espejo sé que estoy roja y demacrada.
Me levanto de un salto y vomito una escueta espuma blanca.
Es la amargura.
Los resultados de la prueba de HIV de los chicos son positivos.
Demasiados de ellos. Muchos más de los que esperaba.
Dios mío -me enjuago la cara- ¿en qué me metí?   )

Cerré la puerta con el movimiento mecánico de siempre y tiré mi pesada mochila de jean sobre el sofá, absorta en mi mea culpa, cuando súbitamente cambié de dimensión, empujada por un sórdido grito de mamá. Ella estaba discutiendo con Martín, muy fuerte, me costó un instante reacomodarme a la nueva realidad, y cuando observé a mi alrededor me encontré en medio de una escena familiar convulsionada e inusual, ¿Qué pasó?, pregunté preocupada, al ver los ojos de mi padre llenos de lágrimas, extraño espectáculo azul que no había presenciado jamás en mi vida, a excepción de un leve goteo el día de la muerte de mi abuelo. Pero ellos no hicieron más que echarme a mi cuarto sin explicaciones, en medio del trance histérico que los envolvía, ¿Cómo no te da vergüenza?, lloraba mamá indignada, recriminándole a Martín, de quien tan sólo brotaban lágrimas silenciosas. Era algo demasiado grave, que yo no alcanzaba a comprender a pesar de que desobedecí la orden de ir a mi cuarto y permanecí en ascuas en medio de la batalla, Sos un enfermo, ¡un enfermo!, repetía ella, Me das asco, ¿cómo no tuviste la hombría para hacerte respetar?, ¿qué hicimos mal?, ¿por qué, por qué esto? Su cara cada vez más roja estallaba en una desazón que parecía rajarla a la mitad; papá al fin pudo controlar la situación e invitó al acusado a pasar a su despacho para hablar a solas, recién ahí mamá se percató de mi intrusa presencia en la sala, y se precipitó a abrazarme sollozando, No puede ser, Linita, por qué, ¿por qué nos pasa esto?, ¿Qué pasa, mamá?, ¡contame por favor!, ¿qué es lo que hizo Martín?, pero ella sólo lloraba, desesperadamente, ¿Qué pasó?, mamá, ¿por qué estás así?, decime, insistí preocupada, hasta que al final logró largar un chillido ahogado y finito, cargado de angustia, Es puto, hija, Martín es puto, ¡un maldito maricón! Mis rodillas se aflojaron de incredulidad, al tiempo que las voces de mi padre y mi hermano, que fluían desde detrás de la robusta puerta de doble hoja que separaba el living del escritorio, habían perdido el inicial atisbo de contención que sólo se sostuvo unos minutos, y ahora quebraban el aire tornándolo irrespirable, ¡Él no abusó de mí!, ¡yo estoy con él porque quiero!, ¡y no estoy enfermo!, Martín confirmaba ante mis oídos, de viva voz, la inverosímil acusación que acababa de oír.

Papá vociferaba que era un error, que seguro había sido su culpa por no haber sabido prestarle la atención paterna que necesitaba, pero que ya lo iban a solucionar, lo iba a mandar a una psicóloga que lo ayudaría a superar su problema, que ya iba a conocer una chica que lo iba a hacer cambiar, que pronto todo sería un mal recuerdo. La negativa de mi hermano ante sus hipótesis y sugerencias de acción era rotunda:

él no estaba enfermo, ni había sido abusado, era gay, y acababa de ser descubierto por su familia; mamá se me escapó de los brazos e irrumpió en el despacho con nuevos gritos y acusaciones, y yo me fui cabizbaja para mi cuarto, a consolar a Clara, quien se encontraba debajo de mi cama, con los oídos tapados, sin entender nada de lo que estaba pasando. La abrazaba buscando yo también mi propia calma en ella, ansiando una inspiración que al fin consiguiera calmar mi sangre, y devolverme al latir sincronizado de la cotidianidad, perturbado por el escalofrío que me recorría el cuerpo. Si bien yo no compartía con mis padres ese rechazo hacia la homosexualidad, y siempre mantuve una mentalidad más bien abierta en esos aspectos, vivirlo tan de cerca, con mi propio hermano, me había dejado impresionada.

(*La patética caja de madera no llega a un metro de largo.*
El cuerpecillo que contiene, hace unos días reía y jugaba en su cama.
Tenía una vida, a pesar de los dolores.
Una vida de niño.
Ahora no tiene nada.
Pasa muy seguido, y sé que en pocos días habrá otro cajón, otra procesión,
más lágrimas y sollozos.
Pero esta muerte lo es todo y yo no pude hacer nada para evitarla.
Me odio a mí misma por mi impotencia.
Te odio porque no lloras y porque tratas de consolarme, como si hubiera
consuelo posible ante este disparate sin sentido.   )

Esa noche de insomnio, preparándome para las batallas que se vendrían en la familia, decidí que, de ser necesario tomar posición, lo apoyaría a él, aunque eso significara enfrentarme a mis padres. Mi lugar estaba del lado de la paz, y una rápida reflexión me hizo ver que la paz sólo podría llegar de la mano de la tolerancia; me sorprendí recordando que unos pocos días atrás había imaginado justo esto que ahora se hacía realidad, ¿habría sido intuición?, ¿o sería que son tantas las cosas que suelo imaginar que por pura estadística es probable que algunas de ellas se cumplan?

Los días subsiguientes el clima en la casa era de una tensión insoportable, Yo también tengo que confesarles algo importante, anunció Diego con voz muy seria, algunas noches después, lo miramos estupefactos, a ver con qué se saldría, A mí en verdad me gusta..., prosiguió, entrecortando la frase para crear suspenso, ¿Cómo explicarlo...?, me gusta…, bueno, se los voy a decir, me gusta tener sexo con animales, de hecho estoy en pareja con el elefante del zoológico, un día se los voy a presentar. Natalia y yo fuimos las únicas a las que nos causó una cierta gracia su ocurrencia; mamá, en cambio, se levantó indignada y le dio un cachetazo, ¿De todo tenés que hacer chiste, vos?, ¿no tenés límite alguno?, ¿no te das cuenta de que estas cosas son serias?, y se echó a llorar otra vez. Martín lo insultó y se fue a su cuarto, sin comer; Bueno, che, no se lo tomen así, un poquito de humor hace falta aquí, que ya hay demasiada cara larga, ¡el humor nos salva!, papá lo miraba inmutable desde la cabecera, sin que expresión alguna asomara a su rostro; tal vez en el fondo reprimiera una sonrisa. En su desesperación, mis padres pasaron por todas las estrategias imaginables, desde la negación, la repartición de culpas, la insistencia para que pudiera solucionarlo… Nuestro hermano Diego, más allá de bromear, intentó aportar su granito de arena llevándolo inadvertidamente a un cabaret, con la esperanza de que una bella mujer —aunque más no fuera una de las pagas— pudiera despertarle sus instintos masculinos, pero lo único que logró despertar fue un escándalo de aquellos, como para no olvidar.

Mi diario íntimo se llenaba de especulaciones sobre mi hermano, porque no me atrevía a hablar con él, como nadie en la familia se atrevía, su sexualidad era un tema tabú entre nosotros, no se hablaba de *aquello*, pero ninguno dejaba de pensarlo. Además de cavilar y escribir sobre Martín, en esa época quien también estaba siempre presente en mis líneas era Marcelo, que para ese entonces se había acercado un poquito a mí; su cambio de actitud desde el episodio de la moto había sido notorio y me inquietaba sobremanera: me hablaba en los recreos, me saludaba, me tenía flotando en medio de una nube de ilusión… Todo parecía indicar que mi romance con él de un momento a otro dejaría de ser patrimonio exclusivo de mi imaginación, yo también le gustaba, me decía, aunque no sabía darme cuenta de si sólo era una impresión mía, culpa de un optimismo a veces excesivo e infundado.

Un día inolvidable esta historia llegó a su momento crucial, luego de un partido intercolegial de voleibol al que yo había acudido especialmente para verlo, disfruté, extenuada, de cada golpe suyo, de cada tanto de su equipo, de sus expresiones de tensión, de queja, de festejo. Era emocionante, podía imaginar su cuerpo musculoso sudado junto al mío, pero cuando él de vez en cuando apuntaba su mirada hacia la tribuna y se cruzaba con la mía, sentía cómo el mundo entero se tambaleaba bajo mis pies. Lo extraño era que ni siquiera estando a su lado dejaba de distraerme por pensar en él, envuelta por mis fantasías me abstraía hasta de mirarlo cuando lo tenía enfrente, debía hacer un esfuerzo por volver a tierra y disfrutar de su presencia. Terminado el partido, vino directo hacia mí, En serio, ¡está viniendo hacia acá, Cami!, No puede ser, hacete la disimulada, ¡Nos va a venir a saludar! Me había notado, eso de por sí era demasiado para mí, que temblaba por dentro en un terremoto sofocante, se me acercó, intercambiamos un par de palabras, mi amiga dijo que tenía que irse y nos dejó solos. Marcelo me sonrió con ternura, y de improviso me tomó del mentón y me besó en los labios, casi caigo redonda al piso, ¡no lo podía creer!, mi cuerpo temblaba como una hoja, mi alma vibraba en plenitud…, el paraíso duró sólo unos segundos, él se fue corriendo, a las risas, y yo creí que íbamos a amarnos toda la vida, ¡él me ama también!, ¡él me besó!, y ese simple hecho le confería a mi existencia una nueva dimensión…, esa noche escribí diez carillas en mi cuaderno, repletas de felicidad. Pero al día siguiente, cuando con emoción me acerqué a saludarlo, encontré un cubo de hielo donde esperaba encontrar la llama ardiente del amor, Marcelo estaba con sus amigos, y me dijo Ahora no puedo hablarte, tengo que estudiar. Al día siguiente tampoco pudo, ni después, ni nunca; mi decepción fue inconmensurable, aunque tenía elementos como para sospechar que esto sucedería, Natalia me lo había advertido, se rumoreaba que ese chico apostaba con los amigos a ver cuántas chicas del colegio lograban enamorar, Ojo con los de quinto, había dicho, Me dijeron que andan besuqueando a las chicas para luego dejarlas, no vayas a caer es sus garras que sólo se quieren burlar de vos, ya varias cayeron, incluso a las más feas están encarando, ¿viste esa compañera mía, gordita y anteojuda, la que se sienta adelante de todo?, dicen que se la apretó Javier Nicoletti y que después se mataba de risa con los amigos, diciendo que ahora tenía que lavarse la boca con lavandina, que ésta contaba como punto doble por el sacrificio que había tenido que hacer, pero los otros le discutían que no, que no valía ni un punto, porque ese bicho ni siquiera podía considerarse una mujer, la pobre quedó re mal, por eso te digo, cuidate. Y yo hice oídos sordos a sus palabras, mejor dicho, pensé que mi principesco Marcelo sería incapaz de sumarse a las bajezas de sus compañeros, pero ahora la voz de mi hermana resonaba en mi cabeza como un gong. Necesitaba preguntarle a mi amado qué había significado aquel beso para él, me costaba mucho acercarme porque cada vez que lo intentaba él me ignoraba, decía que tenía que irse, que ahora estaba ocupado, hasta que una vez que lo vi solo dirigiéndose al baño de varones, me planté ante él y se lo dije, ¿Por qué me besaste?, ¿fue por una apuesta?, necesito saber la verdad, Fue algo del momento, no sé qué me pasó, dijo entre cínico y avergonzado, y luego: No quiero hacerte daño, por eso mejor hacé como si no hubiera pasado nada, fue un instante, nada más, ¿ok?, un desliz que no tiene ni tendrá ninguna consecuencia. Pero sus labios habían rozado los míos; su lengua tibia, penetrado en mi propio espacio, y ya nada iba a ser lo mismo, aquel desliz sin consecuencias, que él nombraba con liviandad, como queriéndolo borrar para siempre, había sido mi primer beso, la coronación del amor, la promesa inequívoca del nacimiento de una nueva vida, en la que él y yo transitaríamos juntos, como una sola persona, amándonos apasionadamente hasta el final de nuestros días. Nunca pude olvidar aquel beso, ni mucho menos ignorarlo, como él me había sugerido, permanecí enamorada de él durante años, incluso después de que terminé la secundaria y dejé de verlo, como ya me había pasado con Demián; viví aferrada al húmedo recuerdo de aquel instante eterno, esperando que en el fondo sí hubiera significado algo para él también, añorando el día en que volviéramos a estar unidos, día que jamás llegó.

Los años me fueron deparando otros besos, y también me enseñaron la pasión y la lujuria, fueron en general hombres interesantes, del ambiente artístico en el que me movía, no sólo por mi afición por la pintura sino porque en esa época me había dado muchísimo por asistir a exposiciones de fotografía, muestras de escultura, talleres literarios, presentaciones de libros y obritas de teatro o música *underground*. En ese entorno bohemio del sur bonaerense conocí todo tipo de personajes extravagantes, que vivían más en un limbo de imágenes surrealistas que en la realidad, y eso me resultaba atractivo. No faltaron muchachos con boina tejida y tatuajes, anteojitos redondos o cannabis en las venas que me cortejaran, y a veces me dejaba llevar por la fascinación que me causaba esa gente colmada de rollos psicológicos, pasados pintorescos e ideas revolucionarias, pero nunca lograba con ellos una conexión real, era como parte de un juego, al principio emocionante, pero que luego de unos años ya se volvía repetitivo. En mi esfuerzo por lograr una pareja más auténtica y duradera, llegué a salir también con algunos hombres un poco más convencionales, por decirlo de alguna manera, presentados por mis hermanos, o por alguna amiga, pero nada de nada. Con aquellos locos lindos por lo menos me entretenía debatiendo sobre teorías desfachatadas, mientras que con los *normalitos* no tenía siquiera de qué hablar, con los temas de dinero, tarjetas de crédito, celulares, actualidad o famosos voy directo al muere por aburrimiento. En estos diez años desde aquel primer beso que me dio Marcelo, puse muchas fichas en cada nuevo romance, tratando de lograr alguna relación significativa, pero sólo conseguí chocarme con paredes, en un eterno *crash boom bang*. Tal vez alguno, a su manera, llegó a amarme, pero yo no logré romper la barrera que me separaba de ellos; pude entregar mi cuerpo, con cierta confianza, quise navegar gozosa en los brazos del padre Sexo, que mueve al mundo, que por algo se ha convertido en el objetivo final, oculto, de la especie humana, desean dinero, belleza, poder, sabiduría, pero, en última instancia, lo desean para llegar a él, y sin embargo esos momentos íntimos eran para mí más un compromiso con la vida, con la expectativa propia y la social, que el verdadero fruto de mis deseos. Nunca entendí por qué es una fuerza tan poderosa, tal vez porque nunca llegué a vivirlo de la mano del amor, aquel amor siempre lejano que intentaba, sin lograrlo, cambiar la cara del cuerpo desnudo que vibraba sobre el mío —cambiarla, en los primeros años, por aquella de ojos celestes, que ya no tenía el placer de ver personalmente—. Así obtenía más satisfacción que en los encuentros furtivos en hoteles con mis sucesivos compañeros, en salidas al teatro o a cenar junto a ellos, donde con cada palabra íbamos descubriendo que en realidad no estábamos hechos el uno para el otro, mayor felicidad que en cada uno de esos fallidos romances que no llegaban a durar más que un par de meses, en el mundo privado de mis pensamientos, donde construía relaciones perfectas, repletas de amor, placer, entrega mutua.

(*El agua está tibia y huele bien.*
Le eché sales de baño.
Encendí unas velas aromáticas y podría quedarme aquí una hora.
Mesada de mármol, repisa de vidrio esmerilado, tapa de inodoro, luces
dicroicas, florerito, cuadro, espejo.
Lujos que había olvidado.

Lujos que antes eran lo normal.
Placeres de la civilización que hace tanto tiempo veníamos dejando de lado.
Entrás al baño, envuelta tu cintura en una suave toalla blanca.
Traés dos copas de champagne.
¿Habrá lugar para dos en esta bañera, qué dices?   )

Por suerte las cosas ahora han cambiado, y quién dice, tal vez muy pronto llegue mi verdadera primera vez, pero por entonces me sentía más a gusto inventándome otras vidas más floridas que esa tan aburrida que me presentaban como la única digna de ser llamada real. En mi universo imaginario predominaba el amor, la amistad, la inteligencia, el éxito, y sobre todo el heroísmo, sí, heroísmo, no sé por qué motivo salvar vidas se había vuelto una adicción para mí, no podía dejar de hacerlo, era algo que lograba llenarme por completo. Me es imposible cuantificar las veces que habré rescatado algún ahogado, o sacado a alguien de un incendio, a Marcelo u otros chicos que me gustaban, a Clara, a personas conocidas, a niños, a gente en general, tragedias, hundimientos de barcos, y distintos tipos de accidentes o desastres naturales. A veces eran situaciones inverosímiles, como que alguien se caía desde un balcón, y yo le salvaba la vida atajándolo desde abajo, o también las había mágicas, es incomparable la sensación de devolver a la vida a alguien que se ha ido. Recuerdo, porque lo he soñado muchas veces, cómo se armaban filas de cuadras frente a mi casa, de gente desesperada por el poder de mis manos milagrosas, que devolvían la vista a los ciegos, el andar a los inválidos y, más que nada, la vida a los fallecidos recientes; me traían ofrendas, me veneraban como a una santa o a un ángel. Mis escenas de catástrofe y rescate, de las que siempre salía ilesa, surgían ante mí con tal nitidez que invadían el espacio tapando lo que fuera que estuviera a mi alrededor, anulaban mis sentidos, cada vez más. No sé de dónde me habrá nacido la necesidad imperiosa de rescatar gente en mis ensueños, tal vez de películas que he visto de niña, tal vez era una excusa para la morbosidad de imaginar las peores calamidades, y salir airosa de la escena, con un final feliz, con el agradecimiento sin fin de mis semejantes, moqueando, bendiciéndome, algo que nunca sentiría en la vida real, en la que mi máximo acto altruista consistía en dejar alguna moneda en la lata del mendigo de la esquina. Aunque a veces, debo reconocer con cierta vergüenza, mi motivación no tenía que ver con el bien ajeno, y mis fantasías tendían a lo tenebroso. Me atraía demasiado, por ejemplo, el papel de cómplice en algún asesinato, cómplice de alguien querido, que me pedía ayuda porque sabía que yo era la única persona en la que podía confiar, y entonces juntos hacíamos desaparecer al cadáver, eliminábamos hasta el último rastro, limpiábamos la escena del crimen y buscábamos la coartada perfecta. Mi compañero delictivo de turno quedaba fascinado por mi habilidad, mi valor y fría inteligencia, y salíamos impunes, como si el homicidio jamás hubiese sucedido. No era raro, si alguien me empezaba a gustar, que el primer beso imaginario llegara en nuestro bunker, luego de arrojadas las palas al río, y cuando el oscuro hecho que nos unía era ya demasiado fuerte como para mantenernos a distancia; en esos casos la muerta era con frecuencia su novia o mujer, lo cual era doblemente brillante porque la sacaba de escena en el momento oportuno.

Dicen que el cerebro no distingue entre los estímulos de la realidad y aquellos que imaginamos, recordamos y soñamos, que es el yo, el alma, quien lo hace; eso verificaba cada día al sumergirme en sus profundidades, ignorando el afuera y resguardándome una vez más en mi colorido mundo interior, tan mío, que hasta le puse un nombre, aunque nada original, para referirme a él en mis propios pensamientos o en mis cuadernos había inventado las palabras «Planeta Lina».

A veces temía que la locura se apoderara de mi mente y me dejara por siempre atrapada en el Planeta Lina, sin posibilidad de retorno; una certeza interna me indicaba que eso mismo es lo que debió sucederle a mi abuela Justina, y yo no debía repetir esa historia, sino que, muy por el contrario, me asignaba la responsabilidad de vencer esa tendencia y salir victoriosa en esta vida, por mí y también por ella, como si a través de su sangre endemoniada, que todavía palpita en mí, me hubiera transferido la necesidad de honrar su memoria haciendo valer ante el mundo esto que somos, ganándole la batalla a la locura pero también a la mediocridad. Podía verla como una jovencita soñadora que, como yo, se dejaba inundar por su imaginación, hasta que un determinado día se le quebró el hilo de plata del discernimiento; la entendía, muy de cerca, porque a mí me sucedía lo mismo, cualquier mínimo disparador era bueno para que mi mente me transportara a otras realidades, y ese mundo mío me envolvía, sin importar lo que yo estuviera haciendo, la realidad se desvanecía y mi imaginación cobraba vida de forma tan intensa que si en aquella época hubiese visitado a la psicóloga que me vio de pequeña, su diagnóstico seguramente no habría sido tan laxo. Mis fantasías excedían lo normal, eso lo tenía claro, y también que el papel que les cabía en mi vida era cada día más protagónico; el Planeta Lina me simpatizaba más que la mismísima Tierra, los sueños más que la vigilia, estaba más cómoda en aquellos territorios misteriosos que batallando en las pequeñas luchas cotidianas, de corto alcance, tan banales y a la vez tan difíciles de encarar. Prefería volar con los sentidos de mi espíritu, antes que atreverme a percibir lo que pasaba fuera de mí; en algún rincón remoto de mi sangre estaba ese gen palpitante, acechándome, que me asustaba, pero en lo profundo también me atraía, al fin y al cabo allí las reglas las ponía yo, de alguna manera más o menos directa, yo o mi inconsciente estábamos marcando el rumbo, un rumbo seguro, al menos más seguro que el de la realidad real.

Ese gen se ha colado en la sangre de mi padre, también, por eso es que se lo suele ver callado, con su mirada apuntando hacia adentro, pero sobre todo está presente en la de mi hermanita, veinticuatro horas al día anda flotando por su Planeta Clara, apenas toca nuestra Tierra lo necesario para alimentarse, para no perder el sostén afectivo de quienes la queremos, lo mínimo indispensable para sobrevivir. Su paso por la escuela primaria fue un cúmulo de problemas: debió sufrir el rechazo de sus compañeros, quienes se burlaban con crueldad, por su fragilidad, por ser tan distinta a ellos, tan poco mundanal. Si se burlaban de mí yo no les daba mucha importancia, podía ignorarlos, podía defenderme, me sentía fuerte, inmune, pero Clarita era tan susceptible, suave y ligera, que no entiendo cómo no se les quebraba la voz antes de blasfemar contra ese ser más angelical que humano, de rasgos transparentes, cómo podían reírse de mi muñequita de porcelana, tan delicada y sobrenatural. Cuando la iba a buscar a la escuela y la encontraba llorando otra vez, me daban ganas de asesinar a aquellos pequeños diablillos que la atormentaban, de cortarles la cabeza para que se fueran directo al infierno a pagar el terrible sacrilegio de no saber respetar la pureza de la luz convertida en niña. En medio del tormento de las carcajadas de sus pares, mi hermana también debió luchar por adaptar su mente a una serie de conocimientos vulgares que no habían sido creados para ella: las letras, los números, la geografía… La he apoyado mucho, con paciencia, recordando a cada instante la promesa que le había hecho a Dios cuando ella nació, pasaba horas enseñándole las mismas cosas, buscando la manera de incorporar nuevos conceptos al intrincado laberinto de su comprensión, tan fugaz, tan lejano. Con gran esfuerzo y sufrimiento —y con la benevolencia de maestras y directoras—, llegó a pasar a cuarto grado, pero luego la tarea se volvió imposible. Cuando después de días de repetirle ejemplos, con niños y manzanas, o con caramelos que luego le regalaba, y le preguntaba una vez más cuánto era doce dividido cuatro, y ella decía Ehhh…, veinticuatro, mmm…, ¿ocho?, ¿nueve?, no, ya sé, sesenta y dos…, esteee… ¿cero?, ¿menos uno? Se hacía evidente que ese mundo no era para ella, y mis padres evaluaron la posibilidad de mandarla a una escuela especial, aunque al final llegaron a la conclusión de que mejor era aliviarle las tensiones y que se quedara en casa, tranquila, su familia podía enseñarle con amor y paciencia lo que necesitara aprender. El cambio fue positivo para su vida, estaba feliz, sonreía, a veces hasta cantaba, fue como quitarle una piedra muy pesada de los hombros, una piedra que separaba lo que era Clarita de lo que se esperaba de ella.

Sus dificultades de aprendizaje eran una secuela del nacimiento prematuro, al igual que la cardiopatía que sufrió desde pequeña; una de las válvulas de su corazón no funcionaba del todo bien, era más pequeña de lo habitual e impedía el flujo normal de la sangre. Esta enfermedad, la estenosis, era leve, y en principio no iba a ser necesario operarla, pero siempre tenía que estar visitando a los médicos, tomando medicamentos y haciéndose distintos análisis de rutina. No podía hacer gimnasia, y en ocasiones se desmayaba, el riesgo de complicaciones no era demasiado grave, pero acechaba como una sombra ominosa que nadie en la familia podía ignorar.

6.- Constanza

Johnny puso el señalador en la página 112 de su libro, y lo dejó reposar unos minutos sobre la mesita de vidrio mientras fue a prepararse un café a la cocina. Pensaba en dónde estaría Gilverto ahora, tal vez enredado en una pelea callejera con gente de la más baja calaña, o arrebatándole la cartera a una pobre anciana. Tal vez acosando en patota a una joven adolescente en el rincón más oscuro de un parque, seguramente atrapado en las siniestras redes de los estupefacientes. ¿Cómo llegó hasta ese punto? ¿Cómo no pudo él, su sobrino y único amigo, evitarlo? Sentía que tenía que hacer algo para ayudarlo a salir adelante; por lo mucho que lo quería, y sobre todo en honor a su madre fallecida. Ella adoraba a su hermano, era la luz de sus ojos, hubiese hecho cualquier cosa por él. Cuando lo trajo de Cuba, luchando contra viento y marea, quiso transportarlo a un mundo de promesas, a un futuro brillante lleno de éxitos y libertad. Jamás hubiera imaginado verlo así, derrotado por el alcohol y las drogas, sucio e infeliz, vagando por los callejones de la delincuencia y la abyección.

Constanza también había sufrido dolorosas experiencias siendo muy joven, más joven aún que lo que era él. Ella sin embargo, nunca bajó los brazos; ese es el ejemplo que les dio, el modelo que esperaba ver en ellos. Apenas tenía dieciocho años cuando la desgracia llamó a su puerta y le robó a sus padres. El tifus se llevó la vida de su madre primero y la tristeza acabó con la de su padre pocos meses después, dejándola sola, desamparada, con el corazón destrozado, y a cargo de su hermanito menor. No tenía más familia y se vio obligada a crecer de golpe. Debió dejar de lado su mundo de arena y mar, de música y libros, para pasar a ser madre de su hermano y sustento de su hogar. Consiguió empleo gracias a la ayuda de Pedro, un buen amigo de la infancia, que le hizo de contacto para ingresar como mesera en un importante hotel para turistas. Pedro vivía en La Habana, pero todos los veranos su familia vacacionaba en Varadero. Tenían allí una hermosa casa, en el mejor barrio, y solían contratar a la mamá de Constanza para la limpieza. Así los niños se conocieron; su amistad fue creciendo año a año, y a pesar de las diferencias sociales y culturales, él se enamoró perdidamente de ella. Amaba su andar alegre y despreocupado, su sonrisa blanca como collar de perlas en contraste con su piel tostada, su manera de cantar y de bailar y esa pasión por la música que flotaba en su sangre latina. Amaba todo de ella, pero en silencio. Un silencio que perduraba en el tiempo, y que ella bien lograba escuchar pero de igual modo respaldaba, porque a pesar de quererlo tanto sabía que nunca llegaría a amarlo como hombre. No porque fuera una mala persona. Tampoco por cuestiones físicas, y ni siquiera por falta de intereses en común. Tan sólo por esas pequeñas cosas de la personalidad —o de la química— que enarenan los engranajes de la compleja relación humana e impiden que dos personas puedan llegar a ser como una.

Ella podía sentir la arena en el timbre de su voz, y se raspaba con ella cuando mostraba sus arranques de soberbia e histeria. El padre de Pedro era miembro del Partido Comunista y trabajaba para el Estado, y ya de crecido él siguió sus pasos y también militaba a favor del régimen castrista. A Constanza no le interesaba para nada la política, pero le solicitaron que se apuntara en la Juventud Comunista como requisito indispensable para conseguir el empleo. Ella aceptó, sin darle mucha importancia al asunto, pues sabía que de lo contrario sólo le quedaría aspirar a un trabajo bien corriente y sin posibilidad alguna de crecimiento.

Al poco tiempo se encontraba sirviendo tragos y licuados de frutas a los viajeros en la cafetería Panorama del clásico Hotel Internacional. Su gran valía y su amor a la vida —y a su hermanito Gilverto— le ayudaron a superar su profundo dolor, a recuperar el entusiasmo y el brillo en sus ojos. No tardó en adaptarse a su nueva vida y al tiempo logró desempañar su opacada gracia, y así brindársela a los ilustres huéspedes del hotel, lo que le valió lindas amistades. En general los encontraba luego del horario de trabajo, en el Cabaret Continental, donde podían conversar libremente. Allí conoció a intelectuales franceses, empresarios de Japón, artistas excéntricos, comerciantes, periodistas, vidas con los más variados matices. Algunos hombres malinterpretaban su simpatía y le hacían invitaciones indecorosas. Ella estaba acostumbrada a batallar para defender su dignidad, y nunca regaló una caricia que no fuera fruto de su propio deseo. Sus conversaciones en el Cabaret Continental le abrieron los ojos a conceptos que hasta entonces le eran del todo ajenos, pero que ahora se le ofrecían tentadores como una fruta exótica. Y no había quién no la acosara con preguntas que lograban conmoverla desde lo más profundo: "¿Cómo pueden vivir así, presos del Estado, sin la libertad de elegir su destino? ¿Cómo pueden tolerar que les impidan alojarse en los hoteles turísticos, o que haya espacios de playa vedados al tránsito del cubano común? ¿No se sienten asfixiados por no poder elegir libremente lo que leer, o salir de vacaciones al extranjero cuando les plazca?".

Al poco tiempo, sus nuevos amigos le traían a escondidas libros de autores como Milán Kundera y Jean Paul Sartre, que leía con sumo interés, tal vez porque tenían el aroma prohibido de la libertad. Pero lo que a ella más le fascinaba de "allí afuera" era la música. Una vez le regalaron un long play de Los Beatles, que tenía que escuchar siempre en la casa y a volumen bajito, porque si la encontraban con ese material subversivo la hubiera pasado bastante mal. De ahí en adelante se encargó de conseguir más discos extranjeros, que escondía en el cajón de la ropa. Genesis, Pink Floyd, Eric Clapton, Queen y The Police encabezaban su tesoro escondido. Por las tardes, a la salida del trabajo, solía ir caminando por la playa a la escuela del pequeño Gilverto, y si tenía algo de tiempo se sentaba en la arena y fijaba la vista en la inmensidad del mar, mientras resonaban en su mente las palabras libres de sus amigos extranjeros. De a poco fue descubriendo en su interior un profundo anhelo de libertad. "El mundo es grande, y me está esperando, sé que algún día me iré de aquí", suspiraba.

Con los años, y a medida que más conocía el mundo a través de las coloridas experiencias de los distintos personajes con que tenía la suerte de conversar en el Cabaret Continental, o en el hotel, más desesperante se tornaba su deseo de partir. Se sentía muy identificada con aquella sirenita del cuento, que sólo soñaba con formar parte del mundo de los humanos y atesoraba todo lo que proviniera de él. Al igual que ella, Constanza se asomaba clandestinamente a la superficie, imaginando el día en que le crecieran piernas para abandonar el océano (su isla) y comenzar a andar por la vida real.

La política ya no le era indiferente, y cuando se encontraba con Pedro, procuraba no mencionar estos sentimientos, porque ante la más mínima insinuación su reacción era de inconmensurable rechazo. Las discusiones que llegaron a sostener en un par de ocasiones fueron tan acaloradas que ambos preferían hablar de otras cosas para no poner en riesgo su amistad. Y así se manejaban. Lo que no podía manejar era la obligación de acudir a las reuniones de la Juventud Comunista. Le resultaba muy duro ir, callar y aplaudir, como si no conociera las respuestas, como si estuviera de acuerdo con todo, cuando su corazón apuntaba hacia un camino tan distinto. Empezó a odiar esas reuniones y a sentir lástima por quienes participaban de ellas. Sobre todo se detestaba por tener que fingir. Ella no era así. Ella era llana y transparente, honrada y sincera. No le era natural la disociación entre sus principios y sus actos.

Pero no tenía otro remedio que soportar el espectáculo en el fondo del mar, porque de otro modo no podría mantener su trabajo, un trabajo que había aprendido a querer, porque al menos la ponía en contacto con la superficie.
Estaba en su rincón favorito de la playa, envuelta en estos pensamientos, con la mirada perdida en el horizonte cuando se le acercó Jordan, un joven y apuesto empresario estadounidense que se estaba alojando en el hotel desde hacía unos días. Su castellano era gracioso, y ella hablaba un inglés bastante básico, pero se sentó a su lado y las miradas y los gestos hicieron el resto del trabajo. Tuvieron un romance apasionado, de atardeceres y risas, de ternura y adrenalina. Duró tan sólo diez días, pero fue tan intenso que él regresó a su país sin saber que había engendrado en ella una nueva vida. "Nos vemos el año que viene aquí mismo", fue su despedida. Ni siquiera pudo enterarse de que sería padre. Ella no sabía cómo encontrarlo para decírselo. Desengañada, especuló que tal vez él fuera casado, y por eso le había dejado teléfonos que al parecer eran falsos.

Cuando Pedro notó su pancita incipiente bajo el uniforme blanco y negro de camarera sintió que se le saldría el corazón del pecho. La invitó a dar una caminata y entonces le preguntó:
—¿Quién es el padre?
Constanza tragó saliva y le explicó:
—No es de aquí. Vive en Estados Unidos y ya regresó a su país. El problema es que no sé cómo encontrarlo. No me ha dejado su verdadero teléfono. Ya

no sé si creerle nada, pero según me dijo el año que viene regresará. Si lo hace podré presentarle a su hijo.

—*¡Yanquis desgraciados! Esa gente no tiene sensibilidad, se aprovecha de nuestras muchachas y las utilizan para su propio placer. Y no entiendo cómo tú, una persona culta e inteligente, has llegado a caer en garras de esos desdichados.*

—*Mira, Pedro, yo ya no soy una niña, y si estuve con él fue porque así lo quise. Nadie me forzó, y no me arrepiento.*

—*¿Qué vas a hacer ahora?* —*preguntó sobrepasado por la irreverente respuesta.*

—*Asumir mis responsabilidades, tener a mi hijo, y esforzarme por darle un futuro mejor.*

—*¿Soltera? ¡Ni lo pienses!*

—*¿Qué otro remedio tengo?*

—*¡Cásate conmigo!* —*soltó al fin. Eran palabras que tenía reservadas para ella desde hacía años, aunque las pronunció en circunstancias muy distintas a las que siempre había imaginado*—. *Yo seré el padre de esa criatura.*

Constanza sintió un golpe en su corazón al escucharlo. Tardó unos instantes en proseguir el diálogo, había quedado anonadada y tenía mucho en juego en esa decisión. Lentamente, cuando pudo recuperar el habla, lo miró a los ojos con un profundo sentimiento de agradecimiento y lástima, y le susurró emocionada:

—*Gracias, Pedro, eres muy noble. Pero no puedo aceptarlo. Él ya tiene padre.*

El pobre Pedro sintió que la vida se le acababa en ese instante. No podía darse por vencido, necesitaba insistir hasta convencerla.

—*Ese gringo no regresará, yo sé lo que te digo. Acepta mi propuesta, tu bebé merece pertenecer a una familia, yo puedo ofrecerle amor. El yanqui sólo ausencia.*

—*Sinceramente me conmueve tu ofrecimiento, pero no puedo aceptar que te sacrifiques por mí. Eres joven y tienes que hacer tu vida. Yo me haré cargo sola de lo que he hecho.*

—*No es un sacrificio, Constanza, yo te amo. Siempre te he amado.*

Se abrazaron y ambos tenían lágrimas en los ojos. Con todo el dolor de su corazón, ella tuvo que decirle que no podía casarse con él porque no lo amaba. Fue un "no" agradecido pero rotundo. A pesar de su reciente desilusión amorosa, una lejana flama de optimismo le insinuaba que era posible que el apuesto Jordan regresara en el verano, se casara con ella y la llevara a vivir a Estados Unidos, con Gilverto y con su hijo.

El niño se llamó Juan, igual que su abuelo, pero le decían Johnny para honrar la inasequible patria de su sangre paterna. Para desazón del ya golpeado corazón de la joven Constanza, pasaron uno, dos, y tres años, y en eso Pedro demostró tener razón: el yanqui no volvió.

La maternidad acentuó más aún su sensación de encierro y su ilusión de partir. La sociedad cerrada del lugar donde vivía no perdía ocasión de humillarla por su condición de madre soltera. Los años venideros la incomodaban. ¿Qué futuro podía tener su pequeño si permanecían en Cuba? Afuera, las posibilidades eran infinitas. Afuera estaba la verdadera vida.

Y ocurrió que había otros que pensaban como ella, así que una tarde miles de personas ocuparon la embajada de Perú en La Habana pidiendo asilo político. A raíz de ello las autoridades levantaron temporalmente las restricciones sobre la inmigración, abriendo el Puerto de Mariel, y decenas de miles de personas comenzaron a salir en barcos hiperpoblados hacia Cayo Hueso, en los Estados Unidos.

Esta vez la oportunidad se presentó de frente y ella no estaba dispuesta a dejarla escapar. El único problema era que no tenía a nadie en Estados Unidos que pudiera venir a buscarla. Apenas tenía una amiga venezolana que vivía en Miami, a la que conoció en el hotel, pero la relación era demasiado superficial como para pedirle semejante favor. Además, por más que aceptara, trabajaba en un supermercado y obviamente no tenía ningún barco.

La otra opción para obtener el salvoconducto era declararse delincuente, porque por alguna extraña jugada del Gobierno estaban vaciando las cárceles y manicomios; sacaban de las calles a personas con historial turbio, incluso a los homosexuales, para enviarlos a todos en barco rumbo a Estados Unidos. Constanza, como muchos otros cubanos honestos, optó por simular antecedentes para plegarse a esta alternativa. Decidida, se acercó al centro de recepción más cercano, donde había una fila que daba vuelta a la esquina. Durante la espera, debió soportar las agresiones de la gente del pueblo. Los insultaban, les tiraban huevos y palos. Todo ese desquicio se hacía sostenible sólo si se veía a la luz de la esperanza que representaba. Cuando por fin logró llegar, manchada y herida, con las manos entumecidas por la tensión de proteger a su bebé para que nada lo lastimara, enfrentó a los oficiales y declaró que hace años trabajaba como prostituta.

Con esta simple mentira, obtuvo el sellado del papel, pero se lo dieron únicamente a ella, en forma individual. Imploró, lloró y pataleó para que le dieran el permiso de salida también para los pequeños, pero fue imposible. La fila siguió avanzando y ella debió volver a su casa con la cola entre las patas. Por supuesto que Constanza ni siquiera contemplaba la posibilidad de irse sin los niños. Eran ellos el principal motivo de sus sueños de libertad. Llegó a su casa, los bañó, y lloró tanto...
¡Estuvieron sólo a un paso de lograrlo!

Pero su fallido intento no quedó en el olvido. La voz se corrió, y esa misma mañana comenzó a sentir el repudio de sus vecinos y conocidos. La mujer del almacén se negó a atenderlos. Los compañeros de escuela de Gilverto le dieron una paliza en el recreo. La gente los insultaba por la calle, y para colmo a Constanza la despidieron del hotel, no sin airadas recriminaciones. La pared de su casa era un mural de agravios: Escoria, Gusanos, Traidora, Prostituta, se leía en letras negras, azules y rojas sobre el muro que antaño relucía blanco como la sal.

Pocos días más tarde Pedro —siempre amigo, siempre incondicional— se enteró de lo ocurrido y viajó a Varadero para visitarla. La primera reacción de Constanza al verlo llegar fue armarse con una coraza. Sabía lo que él pensaba sobre los "negros gusanos" y temía recibir una nueva cacheteada, esta vez de parte de alguien que en verdad le importaba. Pero en lugar de eso, sólo recibió comprensión:
—¿Qué pasó, chiquita? ¿Por qué has llevado tan lejos esta locura de irte?
—Lo siento, Pedro —respondió procurando no llorar de nuevo porque Gilverto estaba jugando en el living y no quería causarle más daño—. ¡Sólo quiero irme de aquí!
—Cásate conmigo y vamos a vivir a La Habana —insistió—. Allí nadie te conoce, nadie va a molestarnos. Empezaremos una nueva vida.
Pero Constanza seguía sin amar a Pedro, y mantenía la renuencia a casarse sin amor. Otra vez debió rechazarlo.

—*Compréndeme, amigo, no es que no te quiera. Nunca olvidaré todo lo que has hecho por mí, y te estaré por siempre agradecida. Pero mi destino está lejos de aquí. Quiero conocer el mundo, ir a Estados Unidos a buscar al padre de mi hijo, viajar... Necesito poder expresarme libremente. Tener acceso a toda la información y cultura sin censura previa. Quiero poder darle a mis dos angelitos todos los juguetes importados que traen los hijos de los turistas, vestirlos con las mejores prendas, y que nada les falte. Y sobre todo, quiero que al crecer puedan tener la posibilidad de ser lo quieran ser, y de progresar en lo que elijan sin más límites que los de su propio talento. Sin depender de nadie, ni verse obligados a pertenecer a ninguna fracción política. Gracias, Pedro, pero no. Sólo me queda aguantar hasta que alguna puerta se me abra y podamos irnos de aquí. Es nada más cuestión de tiempo.*

Resignado al ver frustrada su última ilusión, Pedro sacó de su bolsillo un sobre amarillo que tenía preparado de antemano, previendo que aquella sería su respuesta, y se lo entregó con parsimonia.
—*Son los salvoconductos para ti y los dos niños. Mi amor por ti es tan grande que, si no puedes ser feliz a mi lado, quiero que seas feliz donde esté tu corazón.*
—*Ay, Pedro, ¡gracias! ¡No lo puedo creer! ¡Gracias! ¡Por fin!* —*chilló sobrepasada por la emoción, saltando de alegría. Gilverto se acercó a ver qué pasaba*—. *¡Nos vamos, Gilver! ¡Pedro nos consiguió el salvoconducto!*
El niño corrió emocionado a abrazarlos. Él estaba ya imbuido de los conceptos de su hermana y, como ella, soñaba con partir más que cualquier otra cosa en el mundo.
—*El miércoles vendrá a buscarlos una guagua que los llevará a Mosquito. Es un campamento cerca de Mariel donde deberán esperar hasta que les designen su barco. ¡Cómo los voy a extrañar!*
—*Eres el mejor amigo que he tenido en la vida. Yo también te voy a extrañar* —*susurró Constanza en un rapto de romanticismo.*
En ese momento lo amó, y sentía unas ganas inmensas de abrazarlo y besarlo. Seguramente de no ser por la presencia de su hermano lo habría hecho. Pero mejor que las cosas se hayan dado así —*pensaba más tarde*— *porque sólo habría aportado desconcierto si lo hubiera hecho.*

7.- La revolución

El año 2000 llegó con muchos cambios en la familia Guzmán; no fue el fin del mundo, como tantos vaticinaban, no colapsaron los sistemas informáticos, no cayeron aviones ni se desabastecieron los mercados, pero ese irrepetible trío de ceros se implantó en nuestro inconsciente como un mensaje ineludible de que era hora de empezar algo nuevo.

En los años transcurridos desde la noticia de la homosexualidad de Martín, el impacto inicial fue perdiendo su potencia, y la actitud de mis padres pasó a ser más bien la de ignorar el tema, actuaban como si en verdad creyeran que ya se le pasó, que fue un error de juventud y que ahora seguramente estaría con alguna novia...; aunque nunca preguntaban, ni nada decía él al respecto, pero al final del verano, tal vez en febrero, y supongo que agobiado de vivir con una familia que no lo aceptaba, que intentaba ignorar o tapar su condición sexual, decidió irse a Suiza con el "novio", poniendo todo en evidencia, otra vez. Ese muchacho había conseguido un trabajo allá, en la misma entidad financiera con la que trabajaba en Buenos Aires, No se los presenté antes porque la verdad es que ninguno de ustedes ha mostrado una buena predisposición en este sentido, pero lo cierto es que hace más de dos años que estoy en pareja con Mariano, y aunque sin conocerlo tienden a imaginarlo como un mariposón afeminado, estarían prejuzgando, como ya es costumbre en esta familia, nos decía Martín, con la espalda más erguida que nunca y su voz fuerte y desafiante, Y Mariano es un chico de primera, una gran persona, y un excelente profesional, con muy buenas perspectivas de crecimiento, por eso lo eligieron a él para este ascenso. Suiza es una oportunidad imperdible, él allá entraría como gerente, y desde ya no está dispuesto a rechazarla, y aunque les duela o pataleen yo lo voy acompañar. Intentamos retenerlo, con distintos argumentos, yo desde el cariño, desde que lo íbamos a extrañar, pero él ya tenía veinticuatro años, y estaba muy decidido; partió a las dos semanas de anunciárnoslo.

Nuestro hogar quedó agujereado sin él, aunque de algún modo se respiraba un alivio, como si su presencia en casa fuera un constante recordatorio del fracaso familiar. Luego fue Diego, mi hermano mayor, quien nos dio la sorpresa: su novia, María Paula, estaba embarazada. Por suerte no era una relación circunstancial, sino que, muy por el contrario, estaban de novios desde la secundaria —habían sido compañeros de curso—, se llevaban bastante bien y contemplaban la posibilidad de casarse, aunque no en el corto plazo, pero la boda llegó de apuro cuando ella estaba de tres meses; se fueron a vivir a una casa a pocas cuadras de la nuestra, sobre la diagonal que da a la Plaza Brown.

Natalia siguió los pasos de Diego, y también decidió casarse ese mismo año, con Nico, un rubio bronceadito que daba clases de *spinning* en el mismo gimnasio concheto de la calle Amenedo, donde ella enseñaba salsa y *body total*. Aunque no era muy alto, tenía los músculos muy marcados, por su entrenamiento diario, y una cara bastante especial, no me costaba entender lo que Natalia vio en él a simple vista, pero apenas abría la boca se le evaporaba cualquier encanto, y si tuviera que apostar un número sobre su cociente intelectual, me arriesgaría por alguno cercano al 30, pero eso a mi hermana se ve que eso no le importó, al punto de querer casarse a sólo un año de salir juntos. Nos descolocó con el ímpetu de la boda, ya que hacía poco tiempo que se conocían, y era más esperable, por su filosofía de vida, que en todo caso se fueran a vivir juntos, sin papeles. Pensamos que, igual que María Paula, también ella había quedado embarazada, pero los meses demostraron que no era eso, tal vez habría querido casarse «bien» para evitarle más dolor a nuestra golpeada familia. La cuestión es que nuestra casa quedó vacía y solitaria, hasta la revoltosa *Violeta* se nos fue con Natalia, una perrita caniche toy que le habían regalado cuando cumplió quince años. La pobre *Saya*, mi noble amiga, grande y oscura —ya vieja para ese entonces—, quedó triste y solitaria al ser separada de su juguetona compañera; a pesar de que *Violeta* tenía muy mal carácter, extrañábamos sus ladridos finitos, y tal vez esto pudiera extenderse a la misma Natalia.

Martín, Diego y Natalia, en ese orden y en pocos meses, siguieron su camino, y con el cambio de milenio nuestra casa pasó, de ser el bullicioso nido de una familia numerosa, a convertirse en un enorme templo de silencio y ausencia; de los cinco hermanos que solíamos habitarla, sólo quedábamos Clara y yo, las raras, las introvertidas, las calladas.

El lado positivo de tanto cambio, fue que ahora mi cuarto en el altillo quedó nuevamente sólo para mí —Clarita se instaló en el que era el de Nati— y eso me significó una revolución de intimidad más potente de lo que hubiera imaginado. Allí me internaba durante horas a pensar, leer o escribir, conservaba mi colección de cuadernos, que ya llenaban un estante; cuando se acabó aquel primero de tapas de cuero que me regaló mi madrina, me compré otro similar, luego algunos de tapas duras, rayadas, al principio trataba de que fueran siempre de buena calidad, pero en emergencias terminé tomando cualquier *Arte* espiralado, o hasta escribiendo en papeles sueltos que luego adjuntaba a los cuadernos en forma bastante desorganizada, mediante clips. El contenido de mis cuadernos era libre y heterogéneo, sin reglas que respetar, como el Planeta Lina; lo usaba de diario íntimo, para anotar mi vida cotidiana: "Hoy Fernando faltó a la clínica, ¿qué le habrá pasado?", o lo que imaginaba, "Iba en un barco con mucha gente, en el que también estaba Fer, y un choque lo hacía hundirse al mejor estilo *Titanic*, pero yo encontré una tabla flotante, y arriesgando mi vida me sumergí a buscarlo, y pude salvarlo a él también", no me preocupaba en explicar cuándo se trataba de una y cuándo de la otra, total eran para mí, no para que alguien los leyera, aunque a veces pensaba en la posteridad, y me preguntaba si permitiría que los cuadernos me sobrevivieran, y que mis nietos me conocieran a través de ellos; me los figuraba leyendo sobre aquellos meses de resistencia en el mar, junto a mi nuevo amor, turnándonos para dormir mientras el otro sostenía la tabla, pescando con la mano y subsistiendo gracias a las provisiones rescatadas de milagro en una mochila que llevábamos atada a nuestra tabla, mientras nadábamos todos los días rumbo al Oeste, guiándonos por el sol y las estrellas, y sólo deteniéndonos para hacer el amor a cada momento, hasta que un día llegamos a una isla desierta, donde continuó nuestra aventura durante un tiempo considerable, en el que construimos nuestra cabaña, bebimos agua de coco, cazamos algunos animales, los cocinamos, nos bañamos en el mar y por supuesto también allí hacíamos el amor incansablemente, hasta que un día un helicóptero nos vio y nos devolvió a la civilización. ¿Se darían cuenta mis nietos de que esto era imaginario o lo tomarían como una sorprendente anécdota familiar?, me incomodaba pensar en esto, y contemplaba entonces la posibilidad de dejar la orden de que mis cuadernos fueran quemados cuando yo me muriera, aunque por supuesto esto también me provocaba una gran tristeza. Mis cuadernos se habían convertido de a poco en un modesto sustituto de la amistad, ya que la relación con mis buenas amigas de la primaria se había ido deteriorando con el paso del tiempo y la distancia, y ni con las chicas de la secundaria, ni con mis compañeras del instituto de enfermería había logrado entablar relaciones verdaderas. Tenía una bola roja en el dedo mayor de mi mano derecha, que delataba, a quien reparara en ella, que mis mejores amigos no eran de carne y hueso sino que eran mi propia mente, mi bolígrafo y mis cuadernos; en ellos volcaba mis intimidades, mis recuerdos, hipótesis y especulaciones, mis fantasías y mis disertaciones filosóficas, casi siempre platónicas y teñidas de orientalismo, nirvana, solipsismo, universos paralelos, gnosticismo, conciencia universal. A veces encaraba el desafío de escribir algún cuento o poema, algo que se atreviera a salir desde mi pluma hacia el mundo; en general, mi obra literaria gustaba a las pocas personas a las que se la daba a conocer, y ellos me daban ánimo para seguir adelante, para escribir más, para algún día publicar un libro. Esa sería la mejor forma de sacar de las tinieblas a mi creatividad, de poder compartirla con los demás, abriéndome al mundo sin exponerme demasiado, hablando de otros, pero con la fuerza de las cosas que me pasaban por dentro.

Clarita por ese entonces contaba con diez años e iba al taller de manualidades para niños que daba, por las mañanas, mi maestra Liliana, en el que se sentía muy a gusto, y traía a casa actividades para hacer junto conmigo, o con mamá; tenía una paciencia increíble para llevar a cabo sus artesanías, con precisión y destreza. No conocía el tedio, era capaz de cubrir línea por línea, color por color, con un pincel finito, un paño rayado de un metro cuadrado, sin desconcentrarse, sin confundirse, sin que le temblara el pulso, logrando un cuadro moderno, sencillo, pero esencialmente interesante por la constancia y prolijidad que traslucía; observándola ensimismada en su tarea artística, me reía para mis adentros de las maestras que aseveraban que su problema era que no lograba mantener la concentración durante períodos prolongados. Era en verdad buena en las manualidades, no tanto por la creatividad, sino por su infinita tenacidad y el obsesivo cuidado de cada detalle, que daban como resultado obras bellas, silenciosas e inquietantes, como ella. Se veía desde entonces que podría ganarse la vida como artista, o artesana, lo cual era una fuente de alivio y tranquilidad para la familia, y sobre todo para ella misma. Me encanta como te quedaron estos servilleteros, le decía mamá, no te olvides cómo se hacen, que de grande podrías hacer muchos y venderlos, Dejame ver una cosa, ¿cuánto salieron los materiales?, más o menos cinco pesos por cada uno, calculo…, yo creo que por diez pesos los vendés, o tal vez más, ¿vos que opinás?, gritaba, levantando uno para mostrárselo a papá, quién leía el diario a un par de metros de distancia, ¿A cuánto comprarías uno de estos?, ¿Qué son esas cosas?, contestaba él con cara de asco, molesto por la interrupción y por el volumen de su voz, ¿para qué sirven y por qué tendríamos que comprarlas?, mamá le abría los ojos con furia de leona protegiendo a su cría, Las hizo Clarita, amor, ¿las viste bien?, caminó amenazante hacia él para mostrársela de cerca, Son para guardar las servilletas, Ah, sí están preciosas, dijo finalmente, sin pronunciarse sobre el precio potencial; Yo creo que por quince pesos los podés llegar a vender, definí, y Clara asintió con una sonrisa.

Ese mismo inolvidable año 2000, terminé mi carrera en el instituto de enfermería, que me había llevado más años de estudio de los previstos, y en la que me sentí bastante sola porque mi familia, desde el mismo momento en que les comuniqué mi decisión vocacional, no estaba contenta con el camino que había elegido, y lejos de darme ánimo o apoyo, me inquirían por qué no elegía una carrera universitaria como medicina o arquitectura, que eran las que más me gustaban, o por lo menos algún oficio de mayor status social. Ser enfermera no era para mí, era como ser mucama en el mundo de la salud, me decían, Deberías estudiar arquitectura ya que te gusta tanto dibujar, me insistía mamá, Yo no pude, porque me casé joven, pero vos tenés todas las posibilidades de hacerlo, ¿por qué no lo pensás mejor?, y yo lo único que pensaba de eso no era en la arquitectura sino en el arte en sí, mi vocación estaba por allí, escribir, dibujar... y en mi cabeza había un constante subibaja que oscilaba entre la enfermería y el arte. Cualquiera de las dos opciones iba en contra de los intereses de mi familia, por cualquiera de ellas debía luchar, porque en principio no podría ganar buen dinero con ninguna de las dos.

Mi relación con los bienes materiales era ambigua y borrascosa, por un lado los despreciaba, no me interesaba comprarme ropa ni objetos, me burlaba del consumismo y sentía lástima por aquellos que incluían el dinero entre sus principales prioridades; lo bueno de la vida pasaba por las cosas invisibles, intangibles, sostenía, pero podía pensar así porque nunca me había faltado nada, y si esta situación cambiara en el futuro, la lucha por la supervivencia me arrastraría al desgaste mundanal de conseguir lo indispensable, alejándome de cualquier ocasión de elevación. Había considerado las posibilidades y era consciente de que mis ingresos como enfermera (o como artista) no serían los mejores del mundo, y aunque me gustaba imaginar proyectos comerciales de los que salía gloriosa y millonaria, a la hora de la verdad me pesaban más otros factores, tal vez parte de esto se concretara en el futuro. Si algo me había quedado de mi educación cristiana eran las palabras de la Virgen: *No tienen que preocuparse por lo que van a comer o beber; no se inquieten, porque son los paganos de este mundo los que van detrás de esas cosas. El Padre sabe que ustedes las necesitan. Busquen más bien en su Reino, y lo demás se les dará por añadidura,* si yo seguía a mi corazón, no tenía por qué preocuparme, de un modo u otro estaba segura de que el pan jamás faltaría en mi mesa, y presentía que las satisfacciones que seguir mi vocación podría brindarme iban mucho más allá de las limitaciones puramente económicas que supondría.

El tema era decidirme entre mis propias fuerzas internas, los lápices me gritaban *Nosotros somos Lina,* pero yo conocía bien el mundo de los artistas, y sabía qué era lo que me esperaba si me decidía por él. Crear para vender atenta en contra de la inspiración y lo prostituye todo, pensaba, mientras mi abuela Justina me susurraba al oído, *Volcarte definitivamente al arte sería sinónimo de elegir al Planeta Lina por sobre el mundo real, perderías tu conexión con él, y terminarías como yo; como enfermera, en cambio mantendrás tus pies en la tierra, conservarás tu cordura y podrás hacerle el bien a gente real.* Y así me convenció de dejar mi arte como lo que debe ser: un *hobbie*, y de inscribirme, contra viento y marea, en el Instituto de Enfermería de Adrogué.

No me dan asco la sangre ni su olor, los pañales sucios, los cuerpos desnudos y debilitados, o los vómitos; no me impresiona limpiar una herida, o aplicar una inyección; no son nada al lado de los horrores que puedo y suelo imaginar. Elegí y luché por esta carrera, sobre todas las cosas, por la necesidad imperiosa de que algo me atara al mundo de los cuerdos, el dolor y la necesidad ajenos son cadenas poderosas que no me dejarían volar, no tanto como para irme definitivamente de este mundo, no como mi abuela... Las dosis son estrictas; las medicinas, indispensables; no podría evadirme de ellas, no podría imaginarlas, lo más crudo del mundo físico formaría parte del día a día en mi ejercicio profesional, equilibrando los momentos en los que me encontraría allí lejos, inmersa en mi imaginación, con los que me encontraría acá, centrada y responsable, dando cuidados y afecto, ese afecto que tanto me costaba expresar y que tan bien me vendría dejar fluir ante la camilla del necesitado. Pero había algo más detrás de esta elección, estaba la ilusión de poder alguna vez salvar una vida en la realidad, o al menos, si no salvarla, hacerla más llevadera, más digna, en momentos en los que la salud se escurre como agua entre los dedos. Esto conjeturaba durante mi carrera, pero al recibirme me encontré con una realidad bastante diferente. Papá me ofreció un puesto en su clínica de ojos, y lejos de aquel mundo de entrega y servicio que había soñado, me encontré con una rutina lindante con lo administrativo: preparaba a las personas para cirugías láser que sólo tardaban unos minutos y de las que el paciente normalmente se iba caminando, sin necesidad siquiera de internación; aplicaba colirios, vendajes... Apenas alguna vez había presenciado alguna situación de urgencia, pero mi intervención en ellas era nula, ya que de eso se encargaban los médicos; mi trabajo era tranquilo, aburrido, mi ideal se había quedado perdido otra vez en el plano de lo ilusorio.

En los pasillos espaciosos de la Clínica de Ojos Guzmán conocí a mi nuevo gran amor, el joven anestesista de papá, Fernando Fiorini, quien envolviera con su presencia mis horas de vuelo, y clavara un cartel con su nombre y otro cruzado con su apellido en el palo de cada esquina de mi planeta imaginario. Pero otra vez este amor estaba condenado a permanecer por siempre en el campo de lo ilusorio, y lo supe desde un principio, porque el doctor Fiorini era casado: tenía una mujer, y tres pequeñas hijas, que de vez en cuando lo venían a visitar a la clínica matándome de celos, yo no podía destruir una familia, era algo que no cuadraba con mis principios, por eso me conformaba con hacerlo mío, muy mío, dentro de los confines privadísimos del planeta Lina. Recreaba en mi mente escenas de películas prohibidas en las que médicos y enfermeras se entremezclaban, en circunstancias de un extraordinario contenido erótico, pero con mi ilimitada imaginación solía llevarlas todavía más allá, hasta puntos inverosímilmente excitantes. Ahora que mi cuarto era sólo mío, por las noches podía dejar que mi cuerpo acompañara a mis pensamientos en libertad. En ocasiones, cuando el tánatos vencía al eros, inventaba trágicos accidentes en los que perecían su esposa y sus hijas, y sólo sobrevivía él, por supuesto rescatado por mí, y luego se convertía en mi amor eterno, o sin ir tan lejos sucumbía ante sus encantos y me entregaba a una relación extramarital que terminaba en divorcio de su esposa y en su boda conmigo. Me permitía pensar estas cosas porque mi represión no existía en ese aspecto sino que me esperaba de este lado, a la hora de llevar las cosas a la realidad, estaba allí bien plantada, y yo la respetaba, porque estaba para bien. Fernando Fiorini nunca vio en mis ojos una insinuación de deseo, nunca un temblor en mi voz delató mis sentimientos, ni un momento a solas hizo tambalear mis certezas; yo no quería llevar mi historia con él al plano de lo real —me repetía con insistencia hasta llegar a creérmelo con lo más profundo de mi ser—, nuestro amor me llenaba así, no necesitaba más que imaginarme a su lado para ser feliz; sólo tenía una ilusión profunda que involucraba la realidad, y ésta era que, en su intimidad, él también me amara en silencio.

(*-Pensar que el año pasado cuando fuimos a Buenos Aires ese tipo te tiró los galgos. ¿Estás segura que no pasó nada?*
-Obvio, amor, si yo ya estaba con vos, como pensás que te engañaría. No es mi estilo y lo sabés.
-Pero es que estabas tan enamorada de él... tal vez lo hayas hecho por honor a la adolescente que eras entonces. Dímelo, si es así, no me enojaría, te comprendo.
-Eso no era amor. Se puede soñar de a uno, pero para amar se necesitan dos.

Lo nuestro es amor, aquello era sólo una ilusión.
-¿Una ilusión que quizás materializaste a mis espaldas?
-¿Por qué desconfiás de mí? ¿Te di algún motivo? ¿O será que vos tenés la
conciencia sucia de algo y por eso creés que todos somos iguales?
-Te amo. Y tengo celos de ti, nada más. ¿Es un pecado?
-Sí, pero te perdono
-Menos mal…)

A veces mis pensamientos sobre él se me hacían tan reales que tenía miedo de que la gente pudiera escuchar lo que yo pensaba. Me sentía perseguida, como si tal vez fueran un escenario montado para mí, y las palabras obscenas de mi mente resonaran en público, aunque nadie lo pusiera en evidencia.

Aún recuerdo cuando Fer dejó olvidada su lapicera plateada en la enfermería, y yo a escondidas la metí en mi cartera y me la llevé a casa; una vez en mi cuarto la acaricié y besé durante horas, sintiéndome en posesión de un objeto tan suyo, que tantas veces estuvo en su bolsillo, sus manos, y hasta en su boca cuando sin darse cuenta se la llevaba allí para pensar algo. La dejé deslizarse por las cavidades de mi cuerpo, escribí con ella mil veces su nombre y el mío, y las palabras "Te amo", la disfruté como si esa lapicera fuera él, y el día siguiente con disimulo, la devolví adonde él la había dejado. A partir de entonces, cada vez que le veía usar la lapicera, me excitaba en secreto sabiendo que había dejado mucho de mí en ella.

A veces soñaba con él por las noches, soñaba que estábamos juntos, y al despertar caía desolada en la decepción de descubrir que no había sido real; casi todos los meses, en forma coincidente con mi período menstrual, la depresión se apoderaba de mí y entonces me daba cuenta de que mi vida cotidiana no estaba a la altura de lo que yo llevaba por dentro. No tenía derecho a quejarme, habría sido muy soberbia si no le agradeciera a Dios por lo que me había dado: tenía un techo, comida, una salud envidiable, un trabajo digno y una familia que me quería, pero sin embargo nada de esto me llenaba. Solía pensar que aquello lo tenía sólo como un sostén necesario para poder mantener mi verdadera vida, la que ocurría dentro de mi mente, que no tenía sentido alguno por sí mismo, ¡era todo tan insípido!; encerrada en mi cuarto, lloraba y lloraba, presintiendo que la vida era algo más, algo que me estaba pasando por el costado, mientras yo construía mentiras para poder simular las emociones fuertes que deseaba vivir, para conocerlas al menos, igual que una drogadicta que busca su refugio en un mundo ficticio, aunque sin drogas, sólo con la fuerza de sus pensamientos.

Fue en aquella época que empecé a escribir mi libro; en varias ocasiones había emprendido ese proyecto, pero siempre lo dejaba a las pocas páginas, no tenía constancia, me costaba mucho avanzar, cambiaba de idea en cuanto al tema sobre el que trataría mi obra, se me ocurría algo mejor y abandonaba lo anterior. Pero por fin llegué un día a la historia que logró atraparme de verdad, convencerme de que la literatura podía ser más que un simple pasatiempo para mí; encontré un personaje que era yo misma sin serlo, que representaba lo que yo podía llegar a ser, mi contracara: *el Héroe*. Lo hice varón en un intento de evitar fusionarme con él y que su historia se convirtiera en la mía, como me había pasado en otras ocasiones en las que mi personaje principal iba a ser femenino; además me interesaba ver el mundo desde la perspectiva de un hombre, quizás esa fuera una manera de acercarme al sexo opuesto, que de por sí me resultaba terriblemente dificultoso y era la razón de que mi vida amorosa fuera un desastre. El Héroe sería una persona de acción, que no viviría perdido dentro de los laberintos de su propia mente, alguien más de actuar que de pensar, que no se quedaría sentado, de brazos cruzados, viendo como la vida pasaba a su lado; mi Héroe era un hombre de quien sin duda me enamoraría si existiera en la realidad, y que también, sin duda, se enamoraría de mí.

(*Es mi cumpleaños y fui a la peluquería,*
a ponerme linda para la cena de esta noche.
Vuelvo al departamento y al abrir la puerta encuentro unos pétalos de rosa en el piso. Forman un caminito que se dirige al jardín de invierno.
Lo sigo, intrigada, y al llegar te veo, con dos docenas de rosas en la mano.
A tu derecha, mi regalo ostenta un gran moño rosado.
Es un atril, con una tela en blanco, paleta, una caja de óleos y varios pinceles.
Estoy tan emocionada que no puedo evitar llorar.
¡Desde Togo no pintaba!   )

Cuando volvía de la clínica, solía subir al altillo a leer algún libro, o a escribir —dependiendo de mi estado de ánimo—, en mis cuadernos de siempre o en el de tapas duras y floreadas donde página a página iba surgiendo la historia del Héroe. No pude adquirir el hábito, como solían sugerirme, de escribir en la computadora; la intimidad de mi mano fluyendo con naturalidad sobre el papel, dejando fino testimonio de sus temblores, sus arranques de emoción, su ritmo cambiante, sus dudas e indecisiones, no podía ser reemplazada por aquel chip chap impersonal del golpeteo sobre un teclado. Si algún día me decidiera a publicar, alguien debería tomarse el trabajo de transcribirlo, seguro que no sería yo quien lo hiciera: no tendría la paciencia de llenar ni una sola hoja, pero llegado el caso encontraría a alguna persona dispuesta a hacerlo, esperaba, y, pensando en eso, tenía especial consideración en intentar que mi letra fuera clara, o al menos legible; no como en muchas de mis anotaciones personales, que se plasmaban con tanta urgencia, que luego ni yo misma podía desenmarañar sus trazos desesperados.

Los domingos nuestra casa volvía, por unas horas, a ser la de antes: Diego y María Paula, infaltables, venían a almorzar, por lo general pastas, y se quedaban la tarde con nosotros; cuando nacieron los mellizos, también los traían algunos días entre semana, para que los cuidáramos, y ellos poder ir al cine o salir con amigos. El alboroto de risas, llantos y peleas me recordaba a cuando nosotros éramos chicos; mis sobrinitos eran adorables, y dentro de todo se portaban bastante bien, los padres los educaban con amor y condescendencia. Diego y María Paula eran un buen ejemplo para mí, así deseaba yo que fuera mi familia, mi pareja, tan normal y cariñosa, perfecta —al menos para quienes los veíamos desde fuera—; María Paula me caía bien, era simpática y buena madre, quería mucho a mi hermano, si no tuviera tantas limitaciones sociales me habría gustado ser su amiga, aunque en verdad hay que reconocer que ella tampoco aportó mucho en ese sentido, ¡si era más tímida que yo! Aunque siempre se mostró cordial con nosotros, era fácil notar la incomodidad que la acosaba estando entre los Guzmán, la entiendo, especialmente por las constantes actitudes invasivas de mamá, que se mete en todo, desde la temperatura de la mamadera de los nenes hasta la frecuencia con la que ellos deberían salir solos. María Paula, con su mayor paciencia, decía que *sí* evitando conflictos, pero en definitiva se las ingeniaba para terminar haciendo lo que a ella se le cantaba; será duro lidiar con una familia política como la nuestra, como no la voy a entender… No quiero ni imaginarme estar en su lugar, con un suegro distante que la mira con recelo, una suegra que no cesa de dar consejos puntiagudos, y cuatro cuñados de los cuales es difícil decir cuál está más loco que el otro. Presiento que hay más en María Paula de lo que se ve, que por eso enamoró a mi hermano, y que es parecida a mí en el sentido de que, seguramente para protegerse, sea cual sea su tesoro interior, se lo guarda para ella y no lo muestra en público.

Al principio de su matrimonio, Natalia y Nicolás también venían los domingos a nuestra casa, pero, con el paso de los años, sus visitas se hicieron cada vez menos frecuentes; acostumbraban salir a bailar hasta altas horas de la noche, como si fueran adolescentes en vez de un matrimonio de adultos. Vestían siempre a la moda, con ropa de marca —los dos—, obsesivos en el cuidado de los detalles: pero no sólo les importaba la etiqueta, adoptaban el estilo postmoderno y vanguardista, de ropas oscuras y desgarradas, brillos y hombros al aire, y —a mi criterio y si juzgáramos por la vestimenta— podría decirse que él aparentaba ser mucho mas gay que mi hermano Martín. Natalia, que antes se parecía tanto a mí, ahora estaba más hermosa, se veía como una modelo, o, mejor dicho, una vedette. Había pasado varias veces por el cirujano plástico: con ayuda del colágeno, sus labios parecían de frutilla, sus pechos opulentos, que ostentaba en atrevidísimos escotes, resaltaban en su torso hiperdelgado, haciendo que los hombres se voltearan para mirarla cuando caminaba por la calle. Usaba pestañas postizas, y llevaba un régimen extremo de frutas y verduras, y hacía un entrenamiento arduo en el gimnasio en el que ambos trabajaban; iba a la peluquería cuatro veces por semana y tomaba sesiones de cama solar las tres restantes. Con sus amigos concurrían a bailes, suntuosas fiestas en casas privadas, salían a navegar, iban a countries, o a pasar el fin de semana en Punta del Este, y ese mundo los había alejado de mi familia, tan poco *cool*.

A mi hermano Martín lo tenía en el chat, y de vez en cuando nos encontrábamos en un breve diálogo virtual, en el que le contaba cómo andaba la familia, por lo general sin muchas novedades, mientras él me hablaba de los bellos paisajes de Lugano, de los tulipanes que plantaban allí en la primavera, de su trabajo de vendedor en una lujosa galería de arte, del pintoresco funicular y del parque Swissminiatur, una maravillosa réplica del bellísimo paisaje del Lago di Lugano, en una escala de 25 a 1. Las pocas veces que me mencionaba a su Mariano se me ponían los pelos de punta, no quería hablar de temas que lo incluyeran, como si al no mencionarlo pudiera lograr su inexistencia por unos minutos, y así calmar la angustia que me causaba; no lo rechazaba del modo en que lo hacían mis padres, yo trataba de mantener una actitud abierta y comprensiva, pero al mismo tiempo no podía evitar el estupor que me causaba imaginar a mi hermano en la cama con otro hombre, se me anudaba el estómago de sólo pensarlo y por momentos me daban ganas de llorar. Por eso de a ratos prefería limitar nuestros intercambios al reenvío de cadenas de emails con chistes, fotos y reflexiones profundas de otros; era una manera sutil de mostrarnos que nos seguíamos queriendo, sin necesidad de inventar diálogos forzados, que tanto nos costaban a los dos.

Clarita, ¿te sentís mal?, Clarita, mi amor, ¿qué te duele?, Ay, me duele acá, nos dijo con voz muy suave señalándose el pecho, mientras intentaba sentarse y apoyar su cabeza sobre las rodillas; la llevamos a la guardia, y luego de hacerle un ecocardiograma de urgencia nos informaron que su válvula aórtica estaba cada vez más atrofiada, y que tarde o temprano iba a haber que reemplazarla porque no podría resistir mucho más tiempo así. La sombra que nos atormentaba en secreto se había hecho ahora más visible que nunca, Clara quedó internada una semana, y yo no dejaba de llorar, no podía evitar que me vinieran al pensamiento los recuerdos de cuando ella nació, nuevamente estaba allí, indefensa, con la muerte pisándole los talones cuando todavía no había siquiera empezado a vivir. Renové la promesa que había hecho en aquel entonces, mientras veía las paredes del planeta Lina desmoronarse a pedacitos; ¿qué sentido tenía imaginarme que ella se curaba, cuando en verdad estaba tan delicada, sufriendo y en peligro?, no me servía de nada, no me proporcionaba ningún alivio, la Clara en mi mente era transparente y borrosa en comparación con la real, tan sólida y a la vez tan vulnerable. Sólo ella me importaba, y en mi llanto me burlaba de mí misma, por cuando solía pensar que la realidad y la imaginación estaban en un mismo nivel, que no había diferencia alguna en que un determinado suceso se diera en la una o en la otra y que, al fin y al cabo, ¿qué es la realidad? ¡Recién ahora podía ver en toda su rudeza qué era la realidad, y qué era sólo un juego intelectual, fruto y a la vez causa de mis incapacidades!

Cuando le dieron el alta nos aclararon que el riesgo no había pasado, que Por ahora está estable, pero será imperante realizarle la cirugía de sustitución valvular a la brevedad posible. Llegamos a casa, y todo eran atención y cuidados para ella, queríamos evitarle los esfuerzos y las emociones fuertes; papá se había puesto en contacto con un colega en Barcelona, de quien tenía tan buen concepto que sólo en sus manos se atrevería a confiar el corazón de su pequeña para tan delicada intervención.

Lejos de abandonar mi libro, en esos días me dediqué a escribir con mayor ahínco, necesitaba a mi Héroe, ahora que el mundo de fantasías me había mostrado su inconsistencia, su ejemplo me ayudaría a bajar a la tierra y por lo menos decir: Clarita, te quiero, ¿por qué es tan difícil pronunciar esas palabras?, siempre me han costado horrores, como también el «lo siento», o el «cambié de idea», pero a ella logré decírselo, rompiendo con esfuerzo esta costra congelada que encarcela mis sentimientos; se lo repetí mayor cantidad de veces a lo largo de mi vida que al resto de la humanidad en su conjunto; no porque la quisiera más, por ejemplo, que a mis padres o a mis otros hermanos, sino porque no me era tan intimidante, porque sentía que necesitaba decírselo, y porque el temor a la muerte me apuraba a manifestarle mi cariño, ahora, para no arrepentirme después, cuando ya fuera demasiado tarde.

Ya estaba planeado el viaje a Barcelona para la valvuloplastia, irían mamá y papá con Clarita, a fin de mes, pero sucedió algo imprevisto, que cambió nuestra vida para siempre de forma despiadada... Aquella noche fría y oscura ya habíamos terminado de cenar, papá estaba de guardia y nos encontrábamos mamá, Clara y yo, haciendo unas muñequitas de porcelana fría, con los moldes de una revista de decoración, en la mesa del living, mientras escuchábamos música clásica, creo que era Bach; sonó el teléfono y atendió mamá, yo estaba concentrada marcando los minúsculos deditos de una mano infantil con la espátula, pero un extraño sentimiento erizó mi piel, y me hizo alzar la vista. Mamá se había quedado petrificada como una estatua, con el teléfono colgándole del hombro derecho, y los ojos muy abiertos perdidos en el horizonte; primero pensé que me estaba haciendo una broma o algo así, pero me asusté cuando vi que no reaccionaba, la senté en una silla, con mucho esfuerzo, porque estaba totalmente rígida, Mamá, ¿qué te pasa?, contestame, por favor, ¿qué tenés? Entonces me acordé del teléfono, que había quedado descolgado por ahí, y fui a atenderlo con lo poco que pude sacar de voz, era María Paula, que todavía estaba del otro lado, llorando, le pedí con desesperación que me dijera qué había pasado, necesitaba saber qué pudo haberle dicho a mi mamá para que quedara en ese estado, y fue así cómo supe que mi hermano había fallecido, ¿Diego?, pero ¿cómo podía ser?, tan joven, tan fuerte y saludable... Antes de que la noticia terminara de caer en mi cerebro, visualicé a Clarita, que me miraba atónita desde la mesa, preguntándose qué ocurría, tal como yo estaba unos segundos antes; aguanté el llanto y el grito feroz que tenía atravesado en la garganta, pensando en ella, y en el daño irreparable que podía causarle la noticia a su frágil corazón. Le dije a María Paula que me esperara un instante, me pasé al inalámbrico, y sin explicaciones me encerré en la cocina, donde al fin, a solas, pude dejar surgir mis lágrimas y preguntarle cómo había sido todo. Parece que Diego iba manejando solo por la autopista Buenos Aires - La Plata cuando seguramente le subió la presión, perdió el conocimiento, se fue hacia un costado y se estrelló contra la baranda, a gran velocidad, no tenía puesto el cinturón de seguridad, murió al instante, ¡ay, Dios mío, mi Diego, mi hermano mayor, tan bueno, tan querido!, ayer lo había visto y apenas si lo saludé, María Paula, ¿dónde estás?, así vamos para allá, pobre María Paula, cómo lloraba, sonaba destruida, desesperada, ¿y mamá?, seguía dura en el living, con la vista enajenada, no había llorado ni dicho una palabra, shockeada por la noticia. Lina, ¿me podés decir qué pasa?, me preguntaba Clara, pero no, yo no podía, Después te cuento, nada grave, no te preocupes, mentí, ¿Por qué no vas a ver un poco de tele?, no quería pero la convencí, y luego llamé a papá para darle la terrible noticia. Él ya sabía, la misma María Paula lo había llamado al celular; sobre su sangrante herida, con el mayor dolor de mi alma, le clavé otro puñal al contarle la extraña reacción de mamá, y lo rematé con hierro candente al hacerlo pensar en Clarita, quien aún no se había enterado y quien, cuando lo supiera, tal vez no pudiera soportarlo; papá estuvo de acuerdo conmigo en que era mejor ocultárselo por ahora.

No pude ir al funeral de mi hermano, debí quedarme en casa, a cuidar a mi madre que aún no reaccionaba, y a apaciguar las preguntas de mi hermana, incesantes, perspicaces. Cuando papá, que había debido afrontar los dolorosos trámites mortuorios, y organizar el entierro y el velatorio, por fin pudo pasar por casa, era ya de madrugada, su rostro estaba irreconocible, demacrado por el dolor, las ojeras hundidas le mataron lo azul de sus ojos, que ese día estaban más grises que nunca, o sería que mi propia capacidad para percibir lo bello se había deteriorado. Clara estaba dormida, pero mamá seguía sentada, rígida y con los ojos abiertos, en la misma silla, yo no había logrado trasladarla; entre los dos la llevamos a la cama y cuando por fin conseguimos acostarla, fue solo mirarnos y soltar el llanto. Lloramos juntos, nos abrazamos desconsolados, un largo rato, sin llegar a caer del todo en la realidad de que ya nunca tendríamos a Diego con nosotros, fue un momento durísimo para ambos. Papá miraba a su esposa, dura en la cama, preguntándose qué pasaría ahora con ella, cuando volvería en sí, y en cómo lo haría, miraba al techo, suspirando, seguramente por Clarita, y volvía a apoyar su cabeza sobre mi hombro, entre sollozos. Nunca lloré tanto como esa noche, al menos nunca lloré con tan auténtica desesperación. Aunque pase el tiempo, no es posible recuperarse del dolor que causa la muerte de un hermano, y más cuando sucede de forma repentina, ¡fue tan inesperado!; si alguna vez temía por la vida de alguno de mis seres queridos, invariablemente se trataba de Clara, ella era la de la salud endeble, la única que veía en riesgo, y por eso la mimaba tanto, la protegía, le daba mi afecto, ¿y a Diego, qué?, ¿cuándo le dije a Diego que lo quería?, ¿cuándo le presté atención?, de haberlo sabido, de haber tenido forma de preverlo, las cosas habrían sido muy distintas. Habría sido mucho más cariñosa con él, pobrecito, qué poca bolilla le daba, me la pasaba en mi cuarto cuando él estaba en casa, y ahora no podía volver atrás, a darle el amor que tenía guardado para él en mi corazón, pero que rara vez le había sabido demostrar. Desde entonces día a día me culpé por mi apatía, y me prometí luchar contra ese aspecto tan despreciable de mi ser. A la mañana siguiente vino mi tía Margarita —destrozada por el luto, pero bien instruida sobre el silencio que debía guardar— a quedarse con Clara y nuestra estática mamá; no sé cómo se las habrá arreglado para contener sus lágrimas, pero lo hizo bien, según supe más tarde; yo acudí al cementerio y presencié el momento en que aquel tétrico ataúd, que absurdamente contenía el cuerpo de mi hermano, era tragado por las fauces de la tierra.

¡Adiós por siempre, planeta Lina!, ¡ahora sí que no nos volveremos a ver!, ¿cómo osaría conformarme con que mi hermano viviera en ti, si no está aquí donde lo necesitamos?, ¿si tengo frente a mis ojos la figura desarmada de su viuda, y los cabellos revueltos de sus chiquitos, que se esconden entre las plantas sin llegar a comprender que ya no tendrán nunca más a su padre a su lado?

Durante la ceremonia estuve abrazada con fuerza a Natalia, quien tenía la cara negra por el rimel que las lágrimas habían desvirtuado, llorábamos las dos desde la desesperación; creo que ambas aprendimos —de la peor manera— la importancia de amarnos y de demostrarlo, y la nimiedad de las diferencias que aparentemente nos separaban tanto.

8.- El Mariel

No son ni las cinco de la mañana, pero Constanza ya está levantada. No ha podido pegar un ojo en toda la noche, por eso decide levantarse. Se prepara un té, camina un poco, revisa todo una y otra vez y se vuelve a sentar. Cuando las primeras luces del alba se cuelan por la ventana y acarician su rostro, el corazón se le estremece: está amaneciendo el día por el que ha esperado durante años. El día en que su destino y el de sus dos angelitos cambiará para siempre. Por momentos la acosa la incertidumbre y no puede evitar preguntarse si está tomando la decisión correcta. Es difícil desprenderse de las certezas y lanzarse a un mundo nuevo y desconocido, donde nada es seguro, pero Constanza tiene valores acendrados y sobre todo tiene fe en sus sueños; las respuestas le brotan por sí mismas iluminándole el alma de optimismo. Suspira profundamente al prepararse para el nuevo día, lista para dar el gran paso hacia la libertad.

Con ternura, se acerca a la cuna de su hijo; lo observa dormir, mientras le regala una suave caricia y sonríe, con esa sonrisa jovial y luminosa que siempre la ha acompañado a pesar de las duras experiencias que le tocó vivir a tan corta edad. Recién hacia el mediodía, pasó a buscarla una guagua verde marca Girón; los tres se montaron en ella, con su escaso equipaje y ante la desaprobación de los vecinos, que les tiraban cosas y les gritaban palabras horribles. Camino al Mosquito, los condujeron hacia una penitenciaría e hicieron subir al vehículo a decenas de convictos.

Constanza upaba con fuerza a Johnny con un brazo, y con el otro abrazaba a Gilverto, que ya a esa hora había empezado a temblar. El clima era amenazante. Constanza no sabía si temer más a los presos que la acosaban con la mirada, o a los militares armados y despiadados, que parecían haber olvidado que estaban tratando con seres humanos y no con objetos. Separaron a los hombres de las mujeres. Les hicieron quitar la ropa para registrarlos a todos y les requisaron el dinero y las prendas.

Un día Gilverto le confesó a Johnny que haber visto a su hermana ser registrada de ese modo fue algo que lo dejó profundamente marcado, y de lo que no había podido hablar durante años. Antes de llegar al Mosquito, les dijeron que estaban en la guagua 23, y que debían recordar ese número porque era el que utilizarían para llamarlos cuando siguieran para el Mariel.

Las guaguas hacia el Mariel partían durante las 24 horas y el que se quedaba dormido o no oía el número, sencillamente perdía la salida y no podía irse de Cuba. Esta amenaza a partir de allí era aplicable a todo. La situación se fue volviendo cada vez más tensa. El Mosquito, que antes de la revolución había sido un club privado, quedaba aproximadamente a uno o dos kilómetros del puerto de Mariel. La entrada daba acceso a una especie de promontorio altísimo de puro "diente 'e perro" que recordaba a Papillon. Una vez ahí la única salida era por donde se había entrado, de lo contrario uno tendría que lanzarse desde una gran altura y de seguro no caía en el agua sino en las rocas. Perfecto para un pequeño campo de concentración, que es lo que habían creado en el lugar. A pesar de la extravagante mezcla de gente de todo tipo que era aquello, el ambiente era muy disciplinado. No había peleas ni gritos; nadie podía salirse del estricto orden, porque los militares iban armados con cadenas de hierro con las que amenazaban con golpear sin piedad a quien no acatara las reglas. Todos esperaban con atención a que llamaran a su guagua.
La de ellos tardó tres días. Constanza llegó a pensar que no resistiría tanta humillación. No había baño, ni siquiera una letrina, y también escaseaba el alimento y la bebida. Sólo una vez al día, uno de los militares cocinaba unos huevos en una cazuela gigante. Los iba revolviendo con un palo, con cáscara y todo, y luego repartía en las manos de la gente ese mejunje. Constanza prácticamente no probó bocado porque lo poco que pudo conseguir se lo cedió a sus pequeños, luego de sacar con esmero los filosos trozos de cascarón.

Gilverto, que en ese entonces tenía apenas once años, había asumido el rol de protector y ayudaba a su hermana a sobrepasar la amargura del momento, dándole ánimo. Sabía que para ella lo principal era que él y el pequeño Johnny no sufrieran, por eso se mostraba maduro, a la vez que destacaba que el bebé por fortuna no tenía la suficiente edad como para recordar en el futuro nada de lo que estaban viviendo. "Muy pronto todo esto va a haber pasado y estaremos felices en Estados Unidos, riéndonos del susto que padecimos", la tranquilizaba. Al tercer día, cuando ya creían que no podrían soportar más aquel suplicio, finalmente llamaron a la guagua 23.

Llegó el ansiado momento en el que gritaron el nombre y el primer apellido de Constanza, y ella debió responder con su segundo apellido para que la dejaran formar en una fila y por fin —sucios, exhaustos y malolientes— subir a la guagua que los llevaría al Mariel. El traslado desde El Mosquito hasta el Mariel duró apenas unos diez minutos, pero el hedor vomitivo que emanaba el ambiente y el miedo que les provocaban las caras de sus acompañantes, hicieron que parecieran largas horas. Cuando llegaron pudieron ver embarcaciones de todo tipo y color, todas ellas sobrecargadas de personas hacinadas como vacas.

A ellos les tocó un barco camaronero, que tendría una capacidad para unos cien pasajeros, pero en el que sin duda hicieron entrar a más de doscientos. Los militares habían soltado unos feroces perros policía que atacaban a algunos de los desdichados que a empujones iban subiendo a los barcos. Afortunadamente, Constanza y los suyos lograron subir al barco, ilesos. Una vez a bordo se sintieron más seguros, a pesar del hacinamiento. Constanza estaba agotada, asqueada por la quebrazón de la dignidad que experimentaba al no poder tener siquiera un espacio de aire libre a su alrededor. Extremidades de extraños se entremezclaban inconsultamente con su cuerpo y el de los niños. Los hombres más repugnantes, con sus cuerpos pestilentes y sus rostros amenazadores, aprovechaban el entrevero para manosear despóticamente las partes íntimas de las pocas mujeres que los acompañaban.

Por fin, consiguió un lugarcito para sentarse en el techo de la nave, y se echó a llorar. Lloró las dieciséis horas que duró el viaje, abrazada a su hermano y llenando de besos a su pequeño Johnny. La gente vomitaba y se desmayaba. Algunos caían al agua. Constanza tapaba los ojos de los niños, y sólo rezaba para que todo esto valiera la pena. Para que la vida del otro lado fuera tan brillante como la imaginaba.

Cuando por fin descendieron en el puerto de Cayo Hueso, se sentía más muerta que viva, pero su estado de confusión mental no le impidió darse cuenta de que sus temblorosas piernas ya estaban caminando sobre la tan anhelada tierra de la libertad. Como robots enajenados, tuvieron que hacer los trámites referentes a la inmigración; luego fueron recibidos en el campamento para refugiados, donde les dieron alimento y primeros auxilios.

El plan de Constanza, llegado ese punto, hubiera sido llamar a su amiga venezolana, la que vivía en Miami. Pero en El Mosquito, junto con todas sus pertenencias, habían requisado el papel en el que había anotado su teléfono y dirección.

No obstante, logró llegar a Miami, trasladada por la familia de una señora que había viajado con ella en la guagua 23, y con la que se habían turnado en El Mosquito para dormitar de a ratos; también para protegerse mutuamente la intimidad cuando era imperante evacuar los intestinos o la vejiga. Su hermano y su cuñada, que habían inmigrado a Miami hacía algunos años, habían venido a buscarla y se quedaron estupefactos al ver el lamentable estado en el que había llegado. Esta buena familia, al ver a Constanza desamparada, tan joven y con los dos niños a su cargo, se apiadó de ella y le ofreció quedarse en su casa hasta que consiguieran otro lugar. Lo cual sucedió milagrosamente pronto, cuando —luego de tres días de infructuosa búsqueda laboral— se topó con Barkley's, un modesto e indefinido local, entre kiosco, minimercado y cafetería que en su vitrina tenía un letrero que decía: Se busca empleada.

9.- Europa

Pobre mamá, tardó casi tres días en recuperarse del shock emocional que la había dejado inmovilizada, incapaz de reaccionar; cuando cayó a la tierra, como volviendo de un largo viaje por la nada, como despertando de un profundo sueño, parecía no recordar la amarga noticia que la había llevado a ese estado. Estaba aturdida, confundida, con fuertes dolores de cabeza; pasó dos días mareada, entre vértigos y desconcierto, hasta que alguna palabra desventurada se coló en su mente y le disparó el oscuro recuerdo de la llamada de María Paula. En el momento en que comprendió todo, detonó el silencio con un sórdido grito de "¡Noooo!", tan profundo y punzante que me ha quedado marcado en el alma, y no puedo dejar de recordar con escalofriante congoja. Nos pedía a los gritos que le dijéramos que aquello era mentira, que sólo había sido una terrible pesadilla, que su hijo estaba vivo; como no pudimos darle esa respuesta, le sobrevino una ola de angustia incontenible, para decirlo con todas las letras: su proceso de duelo no fue lo que se dice "normal", quería demasiado a su hijo, y su psique, evidentemente inestable, no lo resistió. Necesitó apoyo psiquiátrico, medicación y mucho, pero mucho afecto de sus seres queridos; lo más preocupante, desde luego, era cuando hablaba de suicidarse. En medio de todo esto, Clara seguía protegida en su burbuja de ignorancia. Es por eso que había ido a pasar unos días "de vacaciones" a la casa de Natalia; su válvula aórtica estaba ya muy deteriorada y la operación no podía postergarse mucho más, si no hacíamos algo a tiempo, pronto deberíamos soportar una nueva pérdida, lo cual habría sido directamente insoportable para nuestra familia, pero desde ya que mamá no estaba en condiciones de viajar, y papá quería permanecer a su lado para acompañarla en ese proceso tan doloroso. Era momento de ser fuertes y tomar una decisión sensata y responsable, y luego de mucho evaluar las alternativas, decidimos que iba a ser yo quien acompañase a Clara a Barcelona; no fue sencillo explicarle a ella el motivo por el cual sería yo y no sus padres quien la acompañara, y menos aún por qué mamá no le hablaba y ni siquiera nos vino a despedir al aeropuerto. Supuestamente mamá estaba enferma, Afónica y con angina, Clari, y, para no contagiarte, ahora que dentro de poco te vas a operar, es mejor que no te acerques mucho a ella, pero es algo pasajero, no pongas esa cara, mamá va a estar bien muy pronto, vos ahora sólo tenés que pensar en nuestro viaje, y estar muy contenta de que después de que te operen vas a estar muy bien, y nos vamos a poder olvidar de una vez por todas de lo de la válvula, eso es lo más importante ahora.

(-Extraño a Nadege.
No puedo estar tranquila sabiendo que ella está allá solita.
No deberíamos haberla dejado.
-Yo también la extraño. Es una chiquilla muy especial
-¿Por qué no volvemos? Vamos a buscarla.
-Pero en una semana nos esperan en Guatemala
-Prioridades son prioridades. ¡Imaginate la alegría que le daríamos si le caemos
de sorpresa!   )

A los pocos días nos encontrábamos las dos en Ezeiza, dispuestas a despegar vuelo por primera vez; nunca había estado fuera de la Argentina, y tampoco había imaginado que mi primer viaje sería en circunstancias tan extremas. Mientras subíamos por la escalera mecánica, veía a papá y a Natalia saludándonos desde abajo, y me invadió una sensación tan extraña que debí preguntarme reiteradas veces si no estaba soñando para convencerme de que era real, de que esta vez yo iba a ser responsable algo grande, que estaba a punto de saber que se siente volar, y al fin iba a conocer el viejo continente. Me observaba a mí misma desde afuera, sorprendida, sin poder creer lo que estaba por encarar, y la miraba a Clara alegre y despreocupada, eligiendo perfumes en el free shop, como si estuviéramos partiendo de vacaciones, y como si aquello fuera lo más habitual del mundo. Tan desentendida estaba ella y tan absorta yo en mis pensamientos que nos olvidamos el bolso de mano sobre el mostrador, y cuando nos dimos cuenta, ya en la puerta del avión, debimos volver corriendo a buscarlo antes de que alguien lo encontrara y lo explotara por pensar que era una bomba. Habíamos despachado dos valijas con nuestras ropas, y llevábamos encima la enorme bolsa gris con todos los estudios médicos de Clara, mi cartera, una mochila y este bolsito azul en el que, entre otras cosas, llevaba los dos cuadernos, el verde liso de espiral en el que seguramente tendría muchas experiencias, rogaba a Dios que positivas, por anotar, y también el otro, el de tapas floreadas de tonos pastel, mi Héroe tenía que acompañarme en esta travesía. Lo necesitaba como al agua, ahora que mi mundo ilusorio se había derrumbado, que no tenía más remedio que vivir la realidad concreta, de responsabilidades ineludibles, que iba a estar en tierras extrañas, como adulta, y a cargo de algo tan valioso y delicado como era la salud de mi hermana, necesitaba su coraje y su valía, quería empaparme de él, sacar a la superficie aquella parte de mi propio ser que vivía oculta en el fondo de mi alma. El Héroe también conocía, como casi todos en esta vida, la desgracia atroz de perder a un ser amado, pero había podido superarlo, supo ser fuerte y salir adelante, por él y por quienes más amaba; su ejemplo me iluminaba y me daba fuerzas para seguir. Última llamada para embarcar en la puerta ocho, y nosotras todavía estábamos acomodando dentro del bolso azul los perfumes y chocolates que compramos. Llegamos a lo último, cuando ya todos estaban sentados, y nos encontramos con que, aunque habíamos pedido ventanilla, nos tocó ir en los asientos del medio, esos que son de a cuatro, treinta y dos D y E, fue una pena porque siendo nuestro primer vuelo habría sido importante poder mirar por la ventanilla, y desde ahí las veíamos lejos, y además nos tapaban la visión las cabezas de la gente. Cuando anunciaron despegue inmediato, y el avión empezó a moverse cada vez más rápido, Clarita me tomó fuerte de la mano, no sé quién estaba más nerviosa si ella o yo, las ruedas despegaron del suelo y debí contener la respiración al notar en las lejanas ventanillas el horizonte oblicuo. Al tiempito la inclinación se atenuó, sacaron el cartel de ajustarse los cinturones y recién allí mi tensión disminuyó un poco, a las ocho de la noche, horario de Argentina, nos sirvieron una brochette de carne con flan de postre y unas galletitas con queso Adler, y comenzaron a pasar una película. Clara se puso los auriculares y la empezó a mirar, pero al ratito se quedó dormida, y yo, en cambio, ya tenía en mis manos el floreado cuaderno y mi birome, y las palabras habían empezado a fluir, como lágrimas pesadas, mi propia angustia se escurría por esos párrafos, no era del todo consciente de que a medida que creaba la historia de mi Héroe iba forjando las bases de mi nueva personalidad.

Toda la noche la pasé escribiendo, pensando, rezando cuando venían pozos de aire, observando a mi hermana dormir, y cuando al fin pude pegar un ojo prendieron las luces en seguida, que ya traían el desayuno, faltaba sólo una hora para llegar a Madrid. En el aterrizaje terminé de confirmar mi impresión de que tenía una especie de fobia al vuelo, porque hasta que no escuché los aplausos y sentí al avión detenerse tenía pánico de estrellarnos y de que eso fuera el fin de todo, aunque intentaba disimularlo para no trasmitírselo a Clarita. Al bajar del avión, hicimos los trámites migratorios y aduaneros, los ojos se me cerraban por el sueño pero se me volvían a abrir bien grandes cuando pensaba que ya estaba en suelo europeo, y que muy pronto iba a salir a la calle a conocer la verdadera España, el primer vuelo a Barcelona salía recién en cinco horas, así que podíamos permanecer en el aeropuerto o salir a dar una vuelta por ahí y conocer un poco de Madrid, y esto último fue lo que preferimos, dejamos las valijas en la consigna, y nos tomamos un autobús amarillo que nos llevó hasta la Plaza del Colón, desde donde caminamos unas cuadras hasta las Galerías Preciado, un centro comercial impresionante que nos había recomendado conocer Natalia, quien había venido en un viaje de estudios a los dieciséis, pero el problema fue que no sé cómo, mirando zapatos, en un momento perdí de vista a Clara, ¿Dónde se metió esta chica ahora?, la busqué por todo el piso pero nada, y a medida que pasaba el tiempo y no la veía mi preocupación crecía a pasos agigantados, teníamos que tomar el autobús de vuelta en menos de cuarenta minutos, o íbamos a tener problemas en el aeropuerto, tal vez perder el importe del pasaje, que lío, pero lo peor era pensar en cómo estaría Clara, desesperada por no verme, ¿estaría llorando? Calma Linita, claridad mental, por favor, lo que tengo que hacer es llamarla por los altoparlantes, y me volví loca hasta encontrar la oficina de informes, la chica llamó dos veces a Clara Guzmán a acercarse a la sección de Corsetería, pero la esperé allí un buen rato y nada, no aparecía, Señor, ¿Usted no vio a una chica muy flaquita y muy blanca, de pelo castaño liso, bajita como por acá con campera rosada y jeans? Pero nadie la había visto, ¡qué desastre!, ni siquiera llegamos a destino y ya empezamos así, qué mal presagio, soy una inútil, y si en diez minutos no nos subíamos al micro perdíamos el avión. La galería era enorme, y yo no podía decidirme si quedarme quieta en un punto esperando que ella llegue a mí, o dar vueltas por todos lados buscándola, me fui hasta la puerta por si se le ocurría esperarme ahí, pero nada, me dirigía hacia informes para pedir que la llamen de vuelta, cuando escuché su vocecita desde atrás llamándome ¡Lina! ¿Dónde te habías metido? Entre risas nerviosas y lágrimas contenidas, nos dimos un breve abrazo y las explicaciones pertinentes, y nos apuramos a tomar el autobús de regreso al aeropuerto. El guarda de la puerta nos saludó satisfecho de ver que ya nos habíamos encontrado, y le agradecí con una sonrisa mientras salíamos ¡Vos te perdiste! Decía ella, Te estaba buscando por todos lados, ¡Vos te fuiste!, estaba viendo zapatos, ¡Te quiero matar!, ¿Me querés decir por qué no escuchaste cuando te llamé por el parlante? No sé, no estaba prestando atención, no escuché nada, me compré medias, Pensaba que te ibas a quedar acá para siempre, decíamos ya en el micro, tranquilas de que ajustado, pero el tiempo nos iba a dar, Por dos dólares te comprás un CD acá, ¡está re barato!, El staff de Galerías Preciado en pleno me conoce, estuve preguntando a todo el mundo por vos. El vuelo siguiente fue muy tranquilo y breve, comparado con el que veníamos de tener.

(Otra vez el avión.
Siempre aviones y aeropuertos, tickets de embarque, conexiones.
No sé si estamos más tiempo en tierra o en el aire.
De aquí para allá.
Cada algunas semanas.
De extremo a extremo del planeta.
Juntos.)

Al llegar al aeropuerto de Barcelona, nos tomamos un taxi hasta el Barrio Gótico, donde se encontraba el departamento que habíamos reservado desde Buenos Aires, era un cuarto pequeño pero digno, tenía dos camas cubiertas con impecables acolchados blancos, un placard en el que pronto acomodamos nuestras pertenencias, una mesita de madera con dos sillas, y poco más. La pared principal estaba adornada con un gran cuadro de marco turquesa saltado por el tiempo, era una réplica del puente japonés de Monet, como explicaba en letras cursivas en el recuadro blanco que rodeaba a la lámina. No había cocina, y el baño era compartido con las otras dos habitaciones del primer piso, pero la ubicación era inmejorable y tenía una ventana que nos regalaba una vista plena a la plaza de Santa María del Pi, y por la cual, si asomábamos la cabeza, podíamos hasta vislumbrar un pequeño sector de la fachada principal de la Catedral.

La mañana siguiente a nuestra llegada, nos dirigimos al Centro de Angiología Vascular Vallès, donde teníamos concertado un turno con el doctor Horacio Rivera, especialista en cirugía cardiovascular, quien en su momento había sido amigo y compañero de estudios de mi padre en la Universidad de La Plata. Me impresionó como una persona agradable, conocedora de lo suyo, y de gran humanidad, lo que me significó un gran alivio ya que estaba muy, pero muy nerviosa con la situación. Como tanto me había insistido papá, sentí que podíamos confiarnos en sus manos; en esta primera cita le enseñamos toda la papelería médica que habíamos venido acumulando durante años, que conservó para analizar con detenimiento, y a la vez nos entregó unas órdenes para que Clara se realizara nuevos estudios. Los resultados salieron dentro de lo previsto, excepto por un detalle que, si bien no era algo de lo que preocuparse porque no revestía gravedad en sí, nos obligó a modificar nuestros planes: del análisis de orina y posterior urocultivo surgió que Clara estaba padeciendo una típica infección urinaria con escherichia coli. No había tenido fiebre, dolores intensos, ni ningún síntoma que hiciera pensar en eso, pero los papeles lo mostraban con claridad y hasta tanto la infección no estuviera del todo curada no podía someterse a cirugía; le recetaron unos antibióticos, que debía tomar rigurosamente por lo menos durante diez días y luego repetirse el análisis.

Clara se sentía bastante bien, pero no podíamos andar mucho por la calle; sólo bajábamos de vez en cuando a la plaza que quedaba justo debajo de nuestro departamento, en la que había una suerte de feria artesanal, muy pintoresca, plagada de pequeñas tiendas y sombrillas donde los artistas, pintores, músicos y bohemios exponían y vendían sus obras a los turistas o a la gente de la ciudad, con un estilo entre Caminito y Recoleta, pero con la presencia imponente de la Catedral, que lideraba el ambiente con sus puntiagudas cúpulas y su rosetón enigmático. Tendríamos unos cuantos días libres mientras esperábamos que las bacterias sucumbieran definitivamente y tan cerca estábamos de Suiza, donde se hallaba nuestro hermano, que se hacía irresistible la idea de ir a visitarlo. No quise decirle nada a Clara de este proyecto, hasta tanto no haber llamado al doctor Rivera para consultarle si había algún problema en que realizáramos ese viaje; quería evitar despertarle expectativas y ansiedad, si luego podía decepcionarse. Pero por suerte el médico me comunicó su aprobación, así que le di la agradable sorpresa a mi hermana, quien saltaba de alegría ante la perspectiva de volver a ver a Martín después de tanto tiempo.

Preparamos un pequeño bolsito, dejando las valijas en nuestro departamento, y nos tomamos un tren para Lugano. Viajamos en primera clase —aunque costaba bastante dinero—, porque era prioritario que Clara se sintiera lo más cómoda posible, ya que el trayecto duraba unas doce horas hasta Milano Centrale, donde cambiamos de tren, y seguimos una hora y media más hasta llegar a Lugano. Los paisajes que veíamos desde la ventanilla eran absolutamente formidables, y tal alegría se reflejaba en el rostro de Clara, que me sentí reconfortada con la decisión de viajar a Suiza; estaba segura de que había sido una buena idea. Intentamos sacar algunas fotos por la ventanilla, pero a cada rato pasábamos por túneles y se vía todo oscuro, justo cuando apretaba el obturador, y luego volvíamos a salir, a ver en el display de la cámara qué desastre nos había quedado: entre la luz del sol que nos daba de frente, la velocidad del tren y los inoportunos túneles debimos descartar la mayoría y sólo nos quedamos con dos o tres.

Para nuestra sorpresa, en la estación de Lugano nos estaba esperando Martín, allí, parado en el andén, con lágrimas en los ojos; hacía cinco años que no nos veíamos, las dos lo abrazamos con emoción, y lloré tanto, pensaba en Diego, en mamá, en todos estos años de ausencia, en la complicada operación que le esperaba a Clarita en unos pocos días, lloraba y no podía dejar de abrazar a mi hermano. Por supuesto que él estaba al tanto de que no había que decirle a Clari lo de Diego, así que compartíamos una secreta congoja que escapaba a la comprensión de nuestra hermana, que habrá juzgado un tanto excesiva nuestra reacción emotiva al saludarnos. La escena se volvió definitivamente surrealista cuando, una vez en el departamento de Martín, conversábamos sobre como iba la vida y mi hermana le contaba con alegría lo bien que estaba Diego con sus esposa y sus hijos, la hermosa familia que eran, lo felices que los veía. Por un momento creí que vomitaría las masitas con jugo con que nos había invitado mi hermano, tuve que contener la respiración para evitar estallar en un llanto absoluto. Pensar en mi Héroe, en las agallas que él tenía —porque yo se las había creado y por lo tanto existían también en mí—, me ayudó a pasar ese momento; y por suerte la conversación pronto se desvió por otros carriles. El departamento de mi hermano era hermoso, el gran living tenía piso de mármol brillante y una imponente araña de cristales de roca, estaba decorado con muebles nuevos de estilo italiano o francés, cuadros originales y adornos de vidrio y porcelana dispuestos artísticamente con la exactitud de piezas de relojería. Nada parecía estar fuera de lugar, daba miedo meter mano, en esa casa no podrían entrar niños...A mi criterio le faltaría un poco más de vida para ser perfecta, qué se yo, un libro desordenado como que lo estuvieron leyendo, un suéter sobre una silla, un juego de mesa, la ceniza de un sahumerio gastado, pero al salir al balcón terraza, impecablemente blanco, que ofrecía una vista panorámica del lago y de toda la ciudad quedé maravillada y adjudiqué mis críticas a la falta de habilidad que tendría yo para lograr un ambiente tan exquisito.

Evidentemente les estaba yendo muy bien en lo económico; me alegré por él, pero en el fondo me sentí herida porque ese hecho significaba que si no volvió a Buenos Aires en todos estos años no fue por falta de recursos, sino porque directamente no quería vernos, no le interesaba, ¿tan resentido estaría con nuestra familia?, ¿tan ajenos nos sentiría?, seguramente por el daño que le hicimos al no aprender a aceptarlo como era. Ahora yo estaba en su casa, en Suiza, dispuesta a dar todo de mí para que esa situación cambiara, ya había perdido un hermano, y esa pérdida no tenía retorno, pero ésta sí podía tenerlo, tal como mi Héroe me estaba enseñando. Nos instalamos en el cuarto de huéspedes, que constaba de dos camas queen decoradas con acolchados y almohadones en distintos tonos de seda tornasolada con letras chinas, concordantes con el estilo oriental de los cuencos con cañas de bambú sobre la mesada de caoba, y el gran tapiz de la pared. Clara quiso recostarse a dormir una siesta, y, a los pocos minutos de estar a solas con mi hermano, me largué a llorar de nuevo, ahora sí hablándole de Diego, manifestándole abiertamente mi angustia, desolación y preocupaciones, y a la vez expresándole lo mucho que me alegraba de verlo de vuelta, quería ser cariñosa con él, hasta le dije varias veces que lo quería. Había comprendido que la sombra de la muerte no asecha sólo a los ancianos o enfermos, sino que esta allí, siempre presente, detrás de cada uno de nosotros, agazapada para dar su coletazo fatal en el momento menos esperado. Ya no volvería a cometer el mismo error que con Diego, de creerlo inmortal, de pasar a su lado como si tal cosa, día tras día, sin detenerme a preguntarle como estaba, a regalarle una sonrisa, o una palabra afectuosa, Hermanito, dame la mano, estoy tan triste… ya no puedo ser la misma ahora que Diego no está, quisiera poder volver el tiempo atrás y cambiar todo lo que hice, o mejor dicho lo que no hice, estoy desesperada, no me había dado cuenta de cuánto lo quería hasta que esto pasó, no me daba cuenta de nada, ¡a veces soy tan idiota!, la vida pasa y yo no hago nada, no le doy nada a nadie, si sigo así voy a morir sin haber vivido. Él me entendió mejor que nadie, cómo no me iba a entender, si también lo había impactado el dolor de la pérdida a la distancia, la suya física, la mía sólo actitudinal, Si me conoce desde que nací, y siempre me criticó por ser tan fría, aunque yo entonces no lo escuchaba. Realmente siento que abrí mi alma en aquel reencuentro; pude ser yo misma ante otra persona, como no lo había sido en mucho tiempo: llegué a contarle del Planeta Lina, de mi romance imaginario con el doctor Fiorini, y hasta el argumento del libro que estaba escribiendo.

En un momento dado escuché el sonido de una llave en la cerradura, y vi entrar a un muchacho muy apuesto, vestido de traje. Un perfume dulce y sofisticado invadió todo el ambiente. Me quedé anonadada ante su presencia: alto y delgado, tenía unos ojos brillantes como dos esmeraldas, nariz respingada y una sonrisa perfecta, era el típico hombre del que yo podría haberme enamorado. Mariano me saludó con amabilidad, Supongo que vos sos Catalina, adivinó, y saludó a mi hermano con una palmada amistosa en el hombro, evitando herir mis sentimientos al darle un beso. Preguntó por nuestra hermana, y le contamos que dormía, así que se sentó con nosotros a conversar un rato; no tenía modales afeminados como yo había imaginado, al contrario, se lo veía viril y jovial, además era perceptivo, porque intuyó que antes de su llegada estábamos hablando de cosas más importantes, privadas. Comprendiendo que hacía tantos años que no nos veíamos, y que seguramente teníamos mucho por hablar, nos sugirió que diéramos una vuelta por el barrio, ¿Por qué no la llevás a conocer el funicular?, propuso, Yo me quedo acá por si Clara se despierta. Todavía no había anochecido y el aire tibio del verano realmente invitaba a salir, así que aceptamos su sugerencia y nos fuimos caminando, de la mano, como cuando éramos niños.

Hablamos de tantos temas que me pareció natural, en un momento, hacerle la pregunta que había estado reservándome desde aquella tarde inolvidable, hacía más de diez años, en la que llegué de la escuela, ensimismada, y al entrar a casa me encontré con el caos. No sentía limitación alguna para hacerlo, la confianza estaba dada, fue sólo animarme a romper una barrera sin sentido, No te tomes a mal lo que te voy a decir, pero si no te molesta que te pregunte, me gustaría que me cuentes un poco como es que empezó todo, quiero decir, ¿cómo fue que te volviste... gay?, es algo que siempre me intrigó. Martín sonrió con condescendencia al notar cuánto me había costado pronunciar esa palabra; nos sentamos en un banco frente al lago y, mientras observábamos la puesta del sol, comenzó a contarme su historia, con más soltura de la que esperaba, lo que, para ser sincera, me daba un cierto pudor.

Bueno, un poco el comienzo lo conocés, vos me veías con mi grupo de amigos, estabas ahí cuando me retaban por nuestras travesuras, te tenés que acordar, Sí, me acuerdo bien de todo aquello, corroboré, Era un entorno extremadamente masculino, siempre jugábamos al fútbol, hacíamos luchitas de varones, y cuando fuimos entrando en la pubertad la cosa fue tomando otro matiz, éramos muy buenos amigos y nos confiábamos nuestras intimidades; así, cuando empezamos a desarrollarnos, nos contábamos, y a veces nos mostrábamos, los cambios que iban sucediéndose en nuestro cuerpo. Todos sentíamos una secreta admiración por Julián, el mayor de los Anderson, que como era un par de años más grande que nosotros tenía un cuerpo ya de hombre, y nos maravillaba pensar que esos cambios pronto sucederían en nosotros, que en poco tiempo íbamos a ser como él. La cuestión es que una noche que me quedé a dormir a su casa, estábamos solos en el cuarto y comenzamos, como tantas otras veces, a hablar de esos temas, para luego pasar a mostrarnos los "avances"; una cosa llevó a otra y comenzamos a acariciarnos, yo no podía creer lo que estaba sucediendo, ¡era lo más prohibido que me había pasado en toda mi vida! En nuestros siguientes encuentros, este escalofriante ritual de caricias se repitió cada vez con más frecuencia, hasta que un día me besó; sabía que lo que me estaba pasando era algo importante, y sin retorno, ese beso movilizó muchas cosas profundas en mi interior, y las ansias de repetirlo eran irresistibles. No me interesaban para nada las chicas, sólo quería estar con él, como aquella vez, pero Anderson me evitaba, supongo que se sentía acosado por mi deseo, tal vez se arrepentía de lo sucedido, me rehuía, me humillaba en público, y cada vez se fue alejando más de mí. Pero la cosa no quedó ahí; te cuento, sucedió que un día, a los pocos meses de mi experiencia con Anderson, había ido a tomar la merienda a casa de otro amigo, sus padres no estaban, y comenzamos a conversar de temas privados. A este amigo también lo conocías, se llamaba Demián, ¿te acordás de él? ¿Que si me acordaba?, pregunta insólita…, ¡cómo no me iba a acordar, si pasé años y años de mi vida suspirando por su amor! Pero no le dije esto a mi hermano, sentía una curiosidad insana por saber cómo seguía la historia, aunque me asustaba lo que presentía que estaba por escuchar, pero me limité a asentir con la cabeza y le permití proseguir con su relato, Bueno, en aquel diálogo con Demián fuimos tomando cada vez más confianza el uno con el otro, porque a lo que yo, poco a poco, le iba confesando, él no me respondía con espanto o rechazo, y en cambio ratificaba mis experiencias y sensaciones con las suyas propias, hasta que terminé descubriendo que él había vivido, también con Julián Anderson, una experiencia sorprendentemente similar a la mía: la admiración por su cuerpo, las caricias que empezaron algún día, más tarde un beso, y luego el abandono, los dos habíamos pasado por lo mismo, y ahora que lo sabíamos, no podíamos evitar mirarnos con otros ojos. A los pocos minutos estábamos besándonos con desenfreno, desnudándonos el uno al otro, retorciéndonos de pasión… Yo me agarraba la cabeza mientras oía a mi hermano contar esto, no sabía si reír o llorar, había quedado totalmente asombrada por la revelación, me contó que Demián fue su primer hombre, y que la relación con él duró cuatro meses, tras los cuales se dejaron de ver, y luego me contó cómo fue que mamá lo descubrió, cuando él tenía diecinueve años, aquella tarde que tan marcada tengo en mi mente. Resulta que para ese entonces Martín estaba en pareja con un hombre mayor, dueño de una peluquería a pocas cuadras de mi casa, me acuerdo de ese tipo, tenía más o menos la edad de papá, y era abierta y declaradamente homosexual; parece ser que una amiga de mamá, nunca se supo cuál de ellas, lo vio con él en su auto y le fue con el chisme, y antes de que yo llegara a casa, mis padres, que ya algo sospecharían de todo esto, lo encararon con gran seriedad para increparle qué carajo hacía en el auto de ese tipo. La primera reacción de Martín fue negar todo, pero, sobrepasado por la fuerza de las recriminaciones, estalló en llanto, confesando con sus lágrimas la verdad. Ahí fue que entré yo, y el resto de la historia ya es conocida. Había sido muy fuerte el impacto de descubrir, de repente, un mundo oculto y prohibido que sucedía en frente de mis narices sin que siquiera pudiera sospecharlo; me trasladé a aquella época, y ahora empezaba a entender las cosas desde otra perspectiva, a la luz de mis nuevos conocimientos, aunque era demasiada información como para que pudiera procesarla en tan poco tiempo. Lo que más me había impactado, sin duda, era el inesperado rol que Demián había jugado en esta historia, no me entraba en la cabeza cómo, mientras yo soñaba ingenuamente con su amor, tan infantil, tan platónico —y llenaba las hojas de mi primer cuaderno, el que me regaló mi madrina, con su nombre siempre rodeado de corazones—, él andaba por los rincones, tal vez desnudo, crudamente terrenal, besando a mi propio hermano, o hasta haciéndole el amor. Martín me había sido muy sincero, y habría sido una falta de respeto hacia su honestidad mantenerme en silencio en esas circunstancias, así que, sin pensarlo mucho más, me atreví y se lo dije, Yo estaba muy enamorada de Demián, ¿En serio me decís?, ¿de Demián, mi amigo?, ¡no te puedo creer!, ¡Enamoradísima!, me eché a reír, Y no tres días, ¿eh?, durante años fue el gran amor de mi vida... Mi hermano también largó una carcajada, ¡Eso sí que no lo imaginaba!, los dos nos reímos como nunca, mientras emprendíamos el regreso a pie a su casa, bajo la luz de las estrellas, Perdón, hermana, si te robé el novio, ¡te juro que no estaba en mis intenciones!, me burlaba, y yo le contestaba, con lágrimas en los ojos de tanta risa, Te voy a matar, desgraciado, con razón nunca me dio bolilla, ¿eh?, ¡ahora entiendo todo!, y se la rematé con una ocurrencia fresca y desfachatada, ¡Ahora, cuidate, loco, que se viene la venganza!, ¡mirá que este flaco con el que estás saliendo no me pareció nada feo!, ¿eh...?, ¡Ni en chiste lo digas, Lina, que te ahorco! No existía resentimiento entre nosotros, aquello fue hace tantos años..., alegres, aliviados por la fuerza curadora de la verdad y la confianza, éramos más hermanos que nunca; le pregunté si tenía idea de si Demián siguió siendo gay después de eso, pero lo ignoraba, no había vuelto a saber de él, De todos modos, en mi amplia experiencia no he sabido de nadie que, habiendo probado, abandonara el hábito, me dijo. Cuando llegamos al departamento, Clara ya se había levantado de su siesta y Mariano estaba preparando una cena que olía deliciosa. La mesa ya estaba elegantemente dispuesta, con distinto tipos de panes, servilletas de tela roja, y una botella de champagne bien helada. Fue una velada muy agradable, como toda la semana que pasamos en Suiza.

(*-¿Sabés quién me recuerda a Demián?... ¡Kenneth!*
-¿Por qué? ¿por el color de la piel?
-¡No seas bobo! Qué se yo... tiene una onda, tal vez la sonrisa.
-¿Qué estás insinuando, que Kenneth es maricón? ¿O que te gusta? Ah, ya sé, las dos cosas.
-¡Qué malo que sos! Qué cosas decís... Pobrecito Kenneth, ¡tiene doce años!)

El lunes, Martín nos llevó a conocer la galería de arte en la que estaba trabajando: vendía unos objetos decorativos de lo más extravagantes, algunos de una belleza extraordinaria, aunque a otros costaba más encontrarles el sentido, cuadros, esculturas modernas, técnicas mixtas; podías encontrar desde un cuadro enorme, todo amarillo con un punto negro en el centro, hasta una percha atada con alambre de púas y colgando de un hilo sisal..., pero nada valía menos de doscientos euros. Conocí a la dueña, Helena Weissenmaier, una elegante mujer de pelo corto, que me cayó muy simpática; nos contó que a los suizos les encantaba tener obras de arte originales en sus hogares, que pagaban fortunas por objetos de artistas extranjeros, nadie se arriesgaría a comprar algo que el vecino también pueda tener. Quedé contenta de que mi hermano trabajara en un entorno tan ameno y estimulante, y de ver lo buena que era la gente con la que se había rodeado en estos años; los fantasmas que me había hecho sobre su vida en Suiza eran por suerte muy distintos a lo que ahora descubría.

Martín y Mariano nos insistieron mucho en que los acompañáramos a una reunión en casa de unos conocidos, iban a darle la bienvenida a un tal Patrice, amigo de ellos, que regresaba de un viaje solidario por África. Fuimos. Allí vimos nuevamente a la señora Weissenmaier, quien se encontraba con su pareja, otra mujer también muy elegante y también de pelo corto, pero rubia y un poco más alta, delgada y joven; había otros muchachos como mi hermano, y también gente sola y matrimonios heterosexuales, seríamos más de veinte personas en ese lugar. Clara y yo encontramos un buen rincón donde guarecernos del bullicio, pero cada tanto alguien venía a conversar con nosotras; el centro de atención indiscutido era este muchacho, Patrice, quien contaba, a viva voz y lleno de entusiasmo, sus increíbles experiencias de viaje, mientras todos lo escuchaban obnubilados, incluyéndome. Había colaborado en un hogar de acogida para mujeres y niños necesitados, en una ciudad llamada Lomé, en Togo; tenía muchas fotos, y relataba las condiciones de extrema pobreza, hambre, analfabetismo y violencia sexual en la que se hallaban aquellas personas, y lo mucho que podía ayudárselos desde aquel lugar. Iba repitiendo su experiencia en distintos idiomas, según quien fuera su interlocutor, y en cualquiera de ellos los hablaba con una fluidez insoportable, como si todos fueran su lengua natal; supe que Patrice había nacido en Francia, pero, como hijo de diplomáticos, había viajado por todo el mundo, absorbiendo sus distintas lenguas como una esponja sedienta de saber. Tendría unos treinta años, rubión, con algunas pecas, ojos claros, y una nariz con cierto aire de cóndor, flaquísimo y un poco más bajo que yo —lo cual para un hombre era muy poca estatura—, vestía en tonos claros —hasta los zapatos—, y usaba unos anteojos redonditos como de viejo, pero sus rasgos eran armoniosos, y su carisma y su alegría contagiosa, colmaban la sala, Nosotros no conocemos a todos los que están aquí, me aclaró Mariano, Son amigos de Patrice; y seguramente, a juzgar por su simpatía, tantas amistades tendría también en cada uno de los rincones del mundo por los que había pasado.

Cuando nos presentaron, mostró mucho interés y amabilidad hacia nosotras: nos acercó un plato con canapés y un botella de gaseosa, seguramente porque notó que no teníamos intención alguna de levantarnos de esas sillas blancas, dirigiéndose a nosotras en un español impecable, que, de no ser por una levísima suavidad en las erres, jamás se le ocurriría a alguien atribuirlo a un extranjero. Le contamos que habíamos venido sólo por unos días, a visitar a nuestro hermano, y que el jueves ya nos volvíamos a Barcelona, para unos trámites médicos, Ah, justo yo también tengo que viajar a España este fin de semana, me voy a Madrid, a reunirme con la gente de la ONG en la que trabajo, que es la que organiza estos viajes solidarios, para preparar a los voluntarios de la próxima brigada a Togo, que sale a fines de septiembre, podríamos organizar para irnos en el mismo tren, si quieren.

Tal vez estas pudieran parecer palabras huecas del momento, al fin y al cabo éramos unas perfectas desconocidas para él, pero, sin embargo, allí estábamos el jueves, viajando los tres juntos en el camarote de primera clase del tren. Cuando me despedí de Martín, en el mismo andén que fuera testigo de nuestro reencuentro la semana anterior, nos prometimos que pronto nos volveríamos a ver, ya no se repetiría nunca más aquella prolongada y oscura ausencia, fue un Hasta luego, mucho más liviano y transitorio que aquel sórdido adiós en Ezeiza, cinco años atrás; lo más probable sería que, antes de volver a Buenos Aires, nos diéramos otra vuelta por Lugano. Al principio me sentía un tanto incómoda con la presencia de Patrice a nuestro lado, y además tenía calor, y nada que sacarme porque estaba en polera, y la ventanilla ni siquiera se podía abrir, pero, luego del traspaso de trenes en Milano me sentí más a gusto, el clima era más agradable y con Patrice fuimos entrando en confianza; mientras Clara no dejaba de mirar embelesada los paisajes por la ventanilla, sostuvimos un largo e interesantísimo diálogo: le hice todas las preguntas que en la reunión me había privado de formularle, quizás por la timidez que me daba hablar en público, delante de extraños. Él no había estado solamente en Togo, en años anteriores había colaborado en la construcción de una escuelita rural en Burkina Faso, y prestado ayuda humanitaria en otros países africanos —como Argelia, creo que Mozambique y no recuerdo cuáles más—; la solidaridad se había vuelto un modo de vida para él, y lo había llevado a viajar por los confines más lejanos del planeta, en cinco continentes, conocía desde adentro las zonas más pobres de América Latina, e incluso había estado en la Argentina, ayudando en un merendero para chicos de la calle, en la provincia de Salta, Dono miles de dólares al año para los sectores más carenciados, me explicaba, Pero mucho más de lo que ayuda el dinero, lo podemos hacer involucrándonos personalmente en sus temáticas, conociendo, viviendo lo que ellos viven, sólo así uno puede tomar conciencia de todo lo que necesitan, y dar rienda suelta a la iniciativa para el cambio, desde la vivencia, desde el corazón. Me encantaba oírlo hablar con tanto entusiasmo, irradiaba emoción cuando mencionaba a los chiquillos a los que había protegido y alimentado; nunca había conocido a una persona tan auténticamente altruista, Patrice me recordaba al Héroe de mi libro, tenían mucho en común. Cuando supo que yo era enfermera, quiso convencerme para que me sumara a ellos en la próxima brigada solidaria que partiría a Lomé en septiembre, Lo más valioso de estos viajes es que, al mismo tiempo que ayudas al prójimo, también te estás ayudando a ti mismo, una vez que has visto las sonrisas de esos niños, que has sentido en carne viva el valor de lo que puedes brindar, ya nunca volverás a ser la misma persona, todo toma otro sentido: la vorágine desenfrenada de la vida cotidiana, la ambición de acumular más y más riquezas, todo eso se desdibuja por completo, queda ridiculizado ante la realidad más amplia de la que has pasado a formar parte, no sólo lo digo yo, esto mismo lo ha sentido cuanta persona conocí que participó de este tipo de experiencias, que no han sido pocas, deberías venir con nosotros, Lina, ¡no te imaginas lo importante que podría ser tu presencia en el equipo!, y el invaluable crecimiento personal que podría significarte, ¿por qué no lo piensas? Le expliqué que en septiembre me sería imposible, porque para ese entonces ya habría pasado la cirugía de mi hermana y deberíamos regresar a Buenos Aires para la rehabilitación, junto con nuestra familia, que estaba muy preocupada por nosotras y ansiosa por tenernos de regreso, tal vez más adelante, en todo caso... Llegamos a Barcelona y él bajó con nosotras, debía cambiar otra vez de tren para seguir su trayecto a Madrid; me dejó una tarjeta con sus datos personales y yo la mía de Buenos Aires, y salí de la estación De Franca, sonriendo de cara al sol de Barcelona, agradecida con el destino por haber cruzado en mi camino a una persona tan distinta a lo que conocía, y tan agradable.

Fue llegar a Barcelona y dar comienzo al show de ecografías, estudios de laboratorio, electrocardiogramas, cateterismos cardíacos, placas, y consultas con todo tipo de especialistas. El doctor Rivera, con suma paciencia, nos enseñó gráficos del corazón con los cuales nos explicaba los pormenores de la operación, haciendo mucho hincapié en la distinción entre las válvulas mecánicas y las biológicas; sostenía que, por las circunstancias específicas de salud de mi hermana, sopesando ventajas y desventajas, se inclinaba seriamente a favor de la segunda opción, ya que las válvulas mecánicas suponían la necesidad de tomar anticoagulantes de por vida, y Clara, con sus dieciséis años, era demasiado joven para eso, más aún considerando su significativo historial alérgico. Mi padre estaba de acuerdo con su colega en este punto, así que anotamos a Clara en una lista de espera, y ahora era todo cuestión de aguardar hasta que llegara el donante, lo que podía tardar de unos pocos días a un par de meses.

A diario pasaba por el locutorio para hablar con mi familia en Buenos Aires, mantenerlos al tanto de las novedades, mandarles por email algunas fotos que bajaba de la cámara, y también averiguar cómo andaban ellos. Casi siempre me atendía Natalia, que se estaba quedando casi todo el día en casa para acompañar a mamá, que poco a poco iba superando su depresión, ya no me hablaba de quitarse la vida y esas cosas tan espantosas, el amor por sus otros cuatro hijos había tomado la posta, y ahora me preguntaba permanentemente por Clarita, quería hablar con ella, no dejaba de insistir, ¿Vos que pensás, Nati?, vos que estás con ella todo el tiempo, ¿te parece que entendió realmente que es mejor no decirle nada por ahora?, no quiero que se ponga a llorar, tengo miedo de que no pueda contenerse, Clara no está para eso, bastantes nervios tiene ya con lo de su operación, quizás un poquito más adelante, ¿no? Mami, tené un poquito más de paciencia, tenés que estar muy tranquila para hablar con Clari, pensá que ella no sabe lo de Diego, y no debe enterarse hasta después de la operación, fijate en el daño que te hizo a vos, que sos una mujer sana y fuerte, enterarte, imaginate ella, pobrecita, con lo frágil que tiene el corazón, sería algo demasiado fuerte para ella, ¿entendés, mamita?, cuando estés bien segura de que vas a poder hablarle tranquila, sin llorar, sin angustiarte, vos misma decímelo y yo te prometo que te paso, ¿sabés?: te quiero mucho, muchísimo, y no te preocupes que todo está encaminado y la operación va a salir muy bien, te lo juro, quedate tranquila, te mando un besote enorme.

(Cargamos las pesadas valijas camino al lugar donde todo empezó.
Es tan familiar ahora como inhóspito fue la primera vez que estuve aquí.
Vienen a recibirnos, sonrisas relucientes.
Abrazos.
¡Qué alegría verlos bien!
Es como volver a casa.   )

Y los días empezaron a pasar, monótonos, sin novedades de donante alguno. Todas las tardes bajábamos algún rato a la Plaza del Pi, a mirar las antigüedades, las obras de arte, a sentarnos tranquilas en un banco o a tomar un café, y tras dar una ojeada a los precios exorbitantes a los que llegaban a venderse ciertas manualidades, realmente mediocres, Clara me dijo ¿Por qué no colocamos nosotras un puestito y nos ponemos a vender las cositas tan lindas que hacemos?, estaría buenísimo, mientras esperamos al donante, si el médico dijo que podía tardar unos meses, ¿puede ser?, es que si no me aburro mucho, y a mí me encanta hacer manualidades, aparte algunas de las cosas que venden aquí no tienen nada que envidiarle a las que hacemos nosotras, dale, Linita, porfa, ¡decime que sí! Era una idea descabellada, estábamos allí por cuestiones médicas de importancia y no para ponernos de artesanas en una feria, en medio de una tierra desconocida, donde sólo éramos un par de forasteras pálidas y extraviadas, pero noté tan entusiasmada a mi hermana que decidí vencer mi inercia y darle el gusto al menos de averiguarlo, convencida de que mi Héroe habría hecho lo mismo, Vamos a ver, tal vez se necesitan permisos municipales para poner un puesto acá, no creo que sea tan fácil, y tal vez es carísimo, pero no perdemos nada con averiguar. Le fuimos a preguntar a un hombre con el que habíamos cruzado unas palabras el día anterior, cuando unas gitanas se nos acercaron para ofrecerse a revelarnos nuestro destino, y él se interpuso un poco violentamente, diciéndoles de mala manera que nos dejara en paz, que se fueran, y a nosotras que tuviéramos cuidado con esa gente, que eran de temer, y tras decir esto siguió caminando, con pasos alargados, algo encorvado por su inusitada altura, que la columna no lograba del todo sostener. Poco después me detuve a mirar unos libros viejos que me llamaron la atención en uno de los puestitos, sin darme cuenta de que el vendedor era este mismo muchacho barbudo, de pelo largo y ojos saltones, que habíamos visto minutos antes, ni de que mientras yo estaba compenetrada entre las contratapas y las páginas internas de algunos libracos amarillentos y empolvados que pujaban por ser comprados, Clara se había puesto a conversar con él animadamente, le preguntó con gran ingenuidad qué había de malo en los gitanos, le contó que éramos hermanas y veníamos de Argentina, que estábamos en Barcelona por temas de salud, y no sé cuantas cosas más porque realmente no estaba prestando atención, pero como dentro de todo fue la única persona de la feria con la que tuvimos algún diálogo, se nos ocurrió preguntarle a él como era el tema de los costos y condiciones para instalar un puesto allí. Antonio sintió que nuestra consulta le caía como anillo al dedo, los números le estaban resultando demasiado ajustados y necesitaba alguien para compartir el puesto, Venga, guapas, que yo os hago un espacio acá, y vosotras me pagáis la mitad de lo que esto me cuesta por mes, con trescientos euros arreglamos, ¡qué va!, doscientos cincuenta estaría de hostias, ¿qué decís? Como turistas, no teníamos idea de si ese número que nos planteaba era acorde al mercado, pero nos pareció razonable, al fin y al cabo lo importante no era hacer negocios sino que Clara se sintiera a gusto desarrollando una actividad que le resultara estimulante, en vez de pasar los días nerviosa, pensando en su operación, así que cerramos trato sin pensarlo demasiado. Nos asesoramos para comprar los materiales que necesitaríamos para empezar: cerámicas, maderas, pinturas y pigmentos, alambres, tanzas, cuentas y canutillos de distintos tipos y tamaños. En cuanto juntamos tan sólo una decena de piezas terminadas (ceniceros, portalápices y llaveros de madera rústica pintados a mano que recuerdo con total claridad), los libros de Antonio nos cedieron su lugar y nos instalamos, en un par de sillas de playa, a intentar venderlas, mientras seguíamos trabajando en el armado de nuevas artesanías. Yo ponía la creatividad, las ideas, y Clara el trabajo, la precisión, la paciencia; juntas hacíamos un gran equipo y los turistas parecían apreciar nuestro trabajo, sobre todo cuando lográbamos encontrarle un espacio libre como para agregarle una inscripción que rezara *Recuerdo de Barcelona*.

En permanente contacto telefónico con mis padres y hermanos, y también con los médicos del Vascular Vallès, nos fuimos habituando a nuestra nueva rutina, muy tranquila y placentera, armando máscaras de cerámica, portarretratos, angelitos regordetes o ramilletes de flores de porcelana fría, al son de la música de David Bisbal o Alejandro Sanz en la mesita superpoblada del apartamento de la calle Alsina, y luego vendiéndolos en la feria cuando se detenía algún interesado, y cuando no se detenía nos cebábamos un mate, lo que resultaba exótico para los lugareños, que invariablemente nos preguntaban qué era aquel líquido caliente que bebíamos en esos cuencos con pajita; nos sentábamos tranquilas a broncearnos un poco, siempre con la radio encendida y con litros de protector solar de por medio, o nos guarecíamos bajo la sombra de nuestro toldito a leer alguno de los libros de Antonio, o, en mi caso, a escribir en mis cuadernos. Estaba alejada de mi trabajo de enfermera, pero eso no era algo que me preocupara, acompañar a mi hermana era más importante que lo que podía hacer por un paciente en la clínica, era más importante que cualquier otra cosa que hubiera hecho yo en mi vida hasta el momento.

Mi novela tuvo un avance fenomenal en esas semanas, ya casi estaba llegando al final, pero había algo que me inquietaba demasiado, y llegó el punto en que no podía pensar en otra cosa: la forma en que mi hermana se dirigía a Antonio, cómo lo miraba, el tono de su voz, yo conocía ese resplandor en los ojos, yo sabía interpretar los suspiros que intentaba callar, no había duda ninguna, Clarita estaba enamorada. Dieciséis años tenía, la misma edad que yo cuando Marcelo me dio aquel primer beso inesperado y vacío, la misma edad en la que, varios meses después de aquello, me concedí al sexo por primera vez, en brazos de un casi total desconocido: Ramiro se llamaba ese muchacho, alto, musculoso y sonriente, que cursaba el primer año de la Facultad de Arquitectura. De la nada, apareció en la calle mientras yo esperaba un colectivo en la parada, y me vino a hablar de sorpresa, regalándome un chocolate y muchos halagos, con una galantería y un sentido del humor a prueba de balas. Me cayó simpático, pero, sobre todo, me recordó a Marcelo, había algo en su rostro, en sus ojos, que en mi mente se asociaba con él, y ese sutil parecido bastó para que le diera mi teléfono y para que, en nuestra tercera salida, aceptara ir a comer unas empanadas a su bulín. Una vez allí todo fue avanzando como un torbellino, hasta que quedé totalmente a la deriva, entregada en cuerpo y alma a la fuerza de su deseo; en aquel momento yo me sentía mujer, es cierto, pero viéndome a la distancia me envuelve una profunda ternura, ¡tan niña era!, aun negándolo. Pero, con más razón, los dieciséis años de mi hermana Clara representaban mucho menos experiencia aún que los míos; ella ni siquiera terminó la primaria, ni pasó por los duros aprendizajes sociales de la secundaria, estuvo refugiada en casa día y noche, alejada de las dificultades del afuera, mirando todavía los dibujitos animados. Para mí nunca había dejado de ser una criatura, la veía tan pequeña, tan ingenua y aniñada, que no imaginaba que este momento llegaría tan pronto; Clara nunca me había hablado de amor, a pesar de que yo le preguntaba, jamás me confesó que alguien le gustara, y ahora este tal Antonio ni siquiera era un chico como ella, era un hombre quince años mayor, y para colmo de escorpio, seguramente con mucha calle, con mucha experiencia, acostumbrado a relaciones fortuitas con todo tipo de mujeres, y el muy desconsiderado no le era indiferente, le clavaba la mirada al hablarle, le ponía voz de seductor, y hasta lo pesqué varias veces tomándola de las manos o de los hombros, y Clari se derretía ante esos sutiles contactos, incapaz de disimularlo. Mis papás estaban muy lejos, del otro lado del océano, y allí yo era la única responsable de mi hermana, tenía que tomar riendas en el asunto, por eso en un momento en que Clara estaba muy entretenida pintando unos jarroncitos en el departamento, le dije que bajaba un rato al cíber y en lugar de eso pasé por la feria y le fui a decir a Antonio que tenía que hablar con él. No di muchas vueltas, Nada más te quería pedir, encarecidamente, que seas muy precavido con mi hermana, no te ofendas, pero es muy importante que respetes esto, Clara no es una mujer como cualquiera de las que estarás acostumbrado a tratar, es más niña que mujer, una niña inocente, inexperta y muy frágil, y, sobre todo, está enferma, y no es chiste lo que tiene, es el corazón, ¿entendés?, la van a operar del corazón, y no está en condiciones de soportar un desengaño amoroso; yo te he visto cómo la miras, cómo intentas seducirla, y no me digas que no porque ciega no soy, ¿Ok?, y no voy a permitir que le hagas daño, te voy a decir una cosa, para que te hagas una idea de la gravedad de la situación: mi hermano mayor falleció el mes pasado y Clarita todavía no lo sabe, no se lo dijimos para no dañar su sensibilidad, por temor a que su corazón no pueda resistirlo, así que date cuenta, la cosa es delicada en serio, ¡por favor, no juegues con ella!, ¡atiende el ruego de una hermana desesperada! Antonio me observaba callado, con cara de nada, como dejando que terminara de decir lo que le quisiera decir, sin dar pistas de cuál sería su reacción, hasta el final; mi intención era lograr que me prometiera que no intentaría seducir a Clara, o tal vez imaginé que negaría todo tachándome de paranoica, pero me sorprendió con una respuesta muy distinta se cruzó de brazos y me dijo: ¿Acabaste ya? Asentí, ansiosa por escucharlo de una vez, Pues mira, te voy a ser tan sincero como tú lo has sido conmigo, y para ello lo primero que debes saber es que Clara y yo ya hemos estado juntos, y más de una vez, mientras tú te ibas de compras o al locutorio y nos quedábamos a solas: nos hemos besado, nos hemos abrazado y susurrado al oído palabras de amor; pero no te preocupes, no soy el tipo de hombre que tú, sin conocerme, piensas que soy, yo respeto profundamente a Clara y jamás la lastimaría, si te tranquiliza, estoy enamorado de ella, y deseo su bien más que cualquier otra cosa, y por si no lo sabes: el amor no hace daño al corazón, el amor lo fortalece; si tan preocupada estás por la salud de tu hermana, deberías ponerte feliz de que yo me haya atravesado en su camino. Pero más que feliz estaba alterada, descolocada por lo que acababa de oír, si eso era verdad, ¿cómo Clara no me lo dijo?, ¿por qué no confió en mí?, con lágrimas en los ojos le supliqué a Antonio que fuera considerado con ella, que la tratara bien, que no la fuera a engañar, o a dejar, o a intentar propasarse, que no jugara con sus sentimientos; hasta le tiré una amenaza, aunque tal vez poco creíble viniendo de mi parte: Si a mi hermana le llega a pasar algo por tu culpa me lo pagarás muy, muy caro. Le rogué también, preocupadísima de haber hablado de más, que por lo que más quisiera en el mundo guardara el secreto de lo que acababa de revelarle sobre la muerte de mi hermano; Antonio, sin mostrar ningún tipo de emoción, esbozó un esfuerzo facial minimalista apuntado a tranquilizarme, habló con firmeza, como si se hubiese ofendido en verdad por mis acusaciones, como si lo hubiese herido en su hombría de bien, pero eso no llegaba a satisfacerme porque este tipo de personas sabe cómo fingir; no me gustaba su aspecto desaliñado, su pelo largo y opaco, su barba desprolija y pinchuda, me resultaba repulsivo ver cómo fumaba un cigarrillo tras otro, pero sobre todas las cosas, la actitud racista que había tenido cuando lo de las gitanas evidenciaba que tan buen tipo no podía ser, mi hermanita se había metido en problemas cayendo en las garras de ese Don Juan, y yo no había sabido protegerla, o tal vez realmente estuvieran enamorados y yo, con este planteo, estaba quedando muy mal con mi futuro cuñado. No en muy buenos términos concluimos el diálogo, y volví caminando bien lento, cabizbaja, respirando profundo, mientras pensaba cómo encararía esto con Clara, debía cuidarme de no armarle un escándalo, evitar que se pusiera mal, que me gritara, tenía miedo a enfrentarla, y me hubiera gustado postergar eternamente el asunto, pero si no lo hablaba yo, con seguridad Antonio mañana le contaría nuestro encuentro y las cosas se pondrían mucho peor. Ni bien entré al departamento, puse en el piso toda la ropa y los tarros de pintura que estaban arriba de la silla y me senté al lado de Clara en silencio, estaban resonando las campanadas de las ocho, y esperé a que acallaran, mientras buscaba las palabras para iniciar la conversación, ¿Te gusta cómo quedaron?, me dijo, quiso saber si me parecía mejor que barnizara en brillo o mate los jarroncitos, Como vos quieras, Clari, de cualquier forma quedan bien, quería hacerte una pregunta, ¿podemos charlar un minutito?, Sí, decime, ¿qué pasa?, ¿algo con mamá?, ¿hablaste con ella?, No, no, nada de mamá, es sobre vos, sobre vos y este chico, Antonio, el de la feria, ¿hay algo que quieras contarme?, Te diste cuenta…, suspiró sonrojándose, No soy muy disimulada, ¿no? Su sonrisa era tan tierna que hasta logró contagiarme, La verdad que no, muy disimulada no sos, ¿te gusta mucho?, Sí, Lina, mucho, muchísimo, es más, creo que estoy enamorada de él. No quise empezar a confrontar diciéndole que no podía enamorarse de alguien a sólo tres semanas de conocerlo, preferí ir al grano y preguntarle si pensaba que él sentía lo mismo por ella, y entonces me confesó que sí, que él también la quería, y que incluso se habían besado, y Fue algo maravilloso, nunca había sentido algo así, Lina, ¡estoy tan feliz!, si vieras lo dulce que es conmigo, las cosas lindas que me dice, es tan romántico, tan varonil, ¡es increíble, nunca soñé que podría llegar a sentirme así con alguien!, Bueno, bueno, ¡qué lindo!, la abracé, Pero, Clara, ¿cuándo pasó esto?, ¿por qué no me lo dijiste antes?, soy tu hermana, ¡me duele mucho que no hayas confiado en mí! Se excusó como pudo, me lo hubiera querido contar desde un principio pero no se animó a hacerlo, de algún modo presentía que yo no aprobaría su relación con el pelilargo español, se había dado cuenta de mis gestos de rechazo cuando él intentaba aproximársele, y bueno, no pude más con mi genio y le confirmé lo que ella ya intuía, le quise advertir que debía ser muy cuidadosa, que ese hombre era muy distinto a ella, que no se ilusionara demasiado con él, que era mejor que dejáramos de ir a la feria, y que nos dedicáramos a prepararnos para la cirugía, que seguramente pronto llegaría la válvula... Con total serenidad y una firmeza que no le conocía, me miró bien de frente a los ojos, para apuntarme con sus palabras hirientes como balas de acero, Mirá, Catalina, no soy un bebé; vos, papá y mamá, nuestros hermanos, todos me tratan como si lo fuera, pero tengo dieciséis años y no once, me ven pequeña por mi contextura y mi aspecto frágil, pero soy una mujer, y siento y me enamoro como tal, ¡hay chicas que ya son madres a mi edad!, yo he sabido llegar al corazón de un hombre hermoso, bueno y respetuoso, que sabe valorarme como a una mujer y no como a una niña, nos queremos, nos gustamos mucho, somos inmensamente felices juntos, y estamos comenzando una historia que para mí es muy valiosa, así que no voy a permitir que intentes separarnos por culpa de tus miedos o tus prejuicios: prefiero correr el riesgo y salir herida, que no correrlo y perderme el amor; no seré tan inteligente como vos, ni tan imaginativa, te reconozco que no soy buena para las matemáticas y todas esas cosas, pero siempre tuve mejor olfato que vos con la gente, y te puedo asegurar que Antonio no es la excepción, Hermanita, le contesté, yo te quiero muchísimo, y por eso me preocupo por vos, lo único que me importa es que seas feliz... Si su felicidad estaba al lado de ese hombre, no iba a ser yo quien se la impidiera, hice una promesa al respecto, cuando tenía diez años, y había llegado la hora de cumplirla; por primera vez en la vida sentí a Clara fuerte y robusta, su transparencia siempre había aparentado ser la de un cristal, pero ahora la descubría más como la de un diamante.

Los días siguientes, cuando bajábamos a la feria, me incomodaba terriblemente la sensación de ser una sombra entre ellos dos, quería desaparecer, irme de allí adónde fuera, pero no lo hacía, por temor a dejarlos solos; cuando los vi, por primera vez, besarse, sentí como si me hubiera tragado una piedra, pero de a poco me fui habituando, sólo rogaba a Dios que Clara realmente supiera lo que hacía, que no fuera todo un gran error del que yo era cómplice con mi pasividad.

10.- Pasión

¡Qué ironías de la vida! Tantas penas debió sufrir Constanza Herrera para que su hijo y su hermano pudieran crecer en libertad, y sin embargo Gilverto estaba ahora más atado que nunca; mucho más preso por la desazón de la droga de lo que pudo haber estado por el régimen castrista.

Johnny se había quedado dormido sobre el sofá, con el libro Tu mente poderosa *abierto sobre su pecho; aquel primer libro que escribió y publicó cuando sentía que todo era posible, pero que hoy no lograba proporcionarle las respuestas que necesitaba. Se despertó bruscamente con un golpe de la puerta.*

Su errante tío al fin apareció por aquel apartamento que ambos compartían desde poco después del trágico accidente. Johnny se levantó para saludarlo, pero no obtuvo respuesta alguna. Gilverto Herrera siguió derecho para su cuarto, como si no hubiera nadie más allí. Avanzó con pasos lentos pero decididos, enajenado, con los ojos ardiendo de sangre envenenada, y se encerró con un nuevo portazo, más violento aún que el anterior.

—Por favor, Gilverto, ábreme la puerta. Tenemos que hablar —suplicó Johnny con voz de llanto.

Se sentía muy impotente ante toda esta situación. Tenía un impulso desesperado por ayudarlo, pero no encontraba el camino para llegar a él. La puerta permanecía implacablemente cerrada, como hermético permanecía el corazón de Gilverto ante sus palabras. Vencido, se asomó a la ventana, a ver si el mar escondía entre sus olas claras un atisbo de esperanza. "Todo problema tiene una solución, sólo hay que saber hallarla", solía afirmar su padre. Aunque no era su sangre la que le recorría las venas, Tom había logrado embeber a su hijo adoptivo de la mentalidad pragmática y optimista que había caracterizado a los Barkley por generaciones y generaciones. Pudo trasmitírsela con el ejemplo, a fuerza de amor y de enseñanza. No era su padre biológico, pero fue el mejor padre que Johnny pudo haber tenido. Se conocieron aquel mismo mediodía de 1980 en el que Constanza Herrera asomó por Barkley's en busca de un puesto de trabajo.

Los chiquillos estaban tan cansados de caminar que se sentaron exhaustos en una de las mesas. Tom Barkley tenía un gran corazón y confraternizó enseguida con aquel trío de sobrevivientes, de piel trigueña y cabellos oscuros, que necesitaban de su ayuda como del aire para respirar. Les invitó un vaso de leche y unas donas a los pequeños, mientras intentaba entrevistar a Constanza, quien aún se manejaba en un inglés bastante básico.

El destino quiso que Sarah Langford, la primera esposa de Tom Barkley, se encontrara en aquellos días de viaje en Minessota visitando a su familia, así que Tom decidió dar rienda suelta a sus instintos y contratar inconsultamente a la bella Constanza; asimismo le brindó un lugar para vivir junto con sus pequeños, en el cuarto contiguo al local de Barkley's, que en otra época había servido como depósito pero ahora estaba desocupado.

Gilverto y Johnny —que figuraban en los papeles como refugiados políticos— comenzaron a concurrir a una escuela del Estado, mientras Constanza lavaba pisos, servía comidas, y acomodaba las provisiones en los estantes blancos ante la mirada expectante de Tom, quien quizás ya por ese entonces veía en ella la promesa de una nueva vida. Constanza le sonreía con su fina hilera de dientes blancos y brillantes, y se sentía la mujer más afortunada del mundo por estar allí, desempeñándose en un trabajo digno que le permitía proporcionarle techo y abrigo a sus angelitos al tiempo que iban insertándose en la sociedad norteamericana. Estaba feliz también con aquel hombrón fuerte y bondadoso que, sin conocerla, le había procurado semejante oportunidad.

Cuando Sarah volvió una semana más tarde, debió haberse percatado de la vigorosa atracción que subyacía detrás de esta dinámica porque lo primero que hizo fue exigirle a su marido que despidiera a Constanza. Tom se negó a hacerlo, y eso exacerbó los ánimos entre los cónyuges. Cada día era una batalla entre los dos. Hasta los clientes se alejaban para no ser contagiados con aquella onda expansiva de intolerancia.

La joven empleada cubana, silenciosa, se avocaba a sus tareas, y se preguntaba si la relación entre sus jefes habría sido tan explosiva desde antes de su llegada. No alcanzaba a comprender el cien por ciento de lo que se gritaban en inglés, porque soltaban las palabras con una furia y una velocidad que excedía su capacidad de asimilación; pero sí podía deducir, no sin secreto regocijo, que ella tenía que ver en algunas de estas peleas que no eran sino escenas de celos de la esposa. Estaba sorprendida por el cambio de la personalidad de Tom desde la llegada de su esposa. Parecía un ser tan amable, tan alegre, que nunca hubiese imaginado ese perfil de gruñón que ahora le conocía. Pero hasta el ceño fruncido de aquel hombre le resultaba atractivo: sus cabellos rubios desordenados, sus espaldas anchas, sus mejillas coloradas por la comida grasosa y la cerveza, los vellos claros y enrulados que asomaban detrás de su musculosa blanca, su risa fuerte y masculina, su gorra de baseball colocada con la visera hacia atrás, y ese estilo de vida y forma de ser tan típicamente estadounidenses. Tom Barkley reunía en una sola persona todo lo que Constanza había soñado. Pero era casado, y ella debía debatirse entre la tentación de conquistarlo y el deber moral de abstenerse de hacerlo. En un principio la contención parecía triunfar en ese dilema, aunque Constanza tendía a darse permiso para mirarlo a los ojos, escudándose en que Sarah no era la mujer adecuada para él: era demasiado frívola, malhumorada y aburrida, que calmaba su histeria en las tardes de shopping, volviendo con peinado de salón y cargada de bolsas como si esa fuera la única forma de tapar su desdicha. Tom merecía algo más que ese matrimonio amargo y apagado. Tenía derecho a disfrutar del amor apasionado, y ella estaba dispuesta a enseñárselo.

Así fue que una tarde —mientras Constanza lavaba los platos del almuerzo—, Tom Barkley y su esposa estaban discutiendo con más energía de la habitual, y Sarah se retiró del salón de muy mala manera. Al quedar solo, Tom dio un puñetazo sobre el mostrador y se tomó la cabeza con ambas manos, como si quisiera llorar. Constanza lo observaba de reojo, por la pequeña abertura que separaba la cocina del salón principal. Tom la vio y le pidió que se sentara a su lado, que quería hablar con ella. Necesitaba confiar en alguien su amargura, exteriorizar lo que estaba sufriendo para poder elaborarlo. No había clientes, así que colocó el cartel de Cerrado y bajó la cortina de metal, quedando cara a cara con ella; sólo separados por una fina tabla de madera laqueada.

Tom empezó a contarle, con pronunciación suave y pausada, que Sarah Langford lo despreciaba porque en los veinte años que llevaban de casados, él no había podido darle un hijo. La maternidad era lo más importante para ella, y Tom, sabiéndolo, se sometió a todo tipo de tratamientos para superar su esterilidad. Pero todo fue en vano, el hijo deseado jamás llegó y Sarah comenzó a descargar en él sus frustraciones. Todo lo malo del mundo era culpa de Tom y la situación fue empeorando con el avance de los años, cuando Sarah veía menguar la fase fértil de su vida. Meses atrás, ella le había pedido hacer un nuevo tratamiento, con un médico de Tampa. Tom estaba ya cansado de las expectativas irreales que su esposa depositaba en los doctores, y de los inusitados ataques de llanto y rencor que sufría en cada desilusión. Por eso esta vez se negó a realizarlo; Sarah no pudo perdonar ni comprender su negativa. Veía en este especialista quizás la última oportunidad de concretar su sueño maternal. Tenía cuarenta y cinco años, y su regla la visitaba cada vez con menor frecuencia. Esta desazón la llevaba a maltratar y a humillar a su esposo en cuanta ocasión se le presentase para hacerlo. Tom estaba desesperado. Él hubiera deseado con todo su corazón ser padre, pero la naturaleza se lo negó, y eso era algo que Sarah no podía aceptar.

Constanza sintió tanta ternura por ese hombre extraordinario —grande como un oso pero necesitado como un bebé— que la había sacado del desempleo y ahora le abría su corazón confesándole sus secretos más privados, que tomó su mano entre las suyas. Al sentir este tibio contacto, Tom levantó la mirada y pudo ver que Constanza tenía una lágrima rodándole en la mejilla. Elevó suavemente la mano que permanecía suelta, y con ella secó aquella lágrima, y luego despejó de su rostro, con una caricia, el mechón negro y brillante que le caía sobre la frente, acomodándoselo detrás de las orejas. Se miraron a los ojos exhalando adrenalina. La química entre ambos ya se había desencadenado, y ahora no había vuelta atrás. No existía más mundo a su alrededor, ni Sarah Langford, ni la conversación que acababan de tener sobre ella. Sólo estaban sus manos acariciándose, y el deseo incontenible de acercarse más y más.

Tom Barkley levantó su fornido cuerpo del banco alto en el que estaba sentado, y sin soltar la mano de Constanza en ningún momento, rodeó el mostrador hasta quedar del mismo lado que ella y la besó. Fue un beso urgente y desesperado que Constanza no pudo ni quiso evitar. Cada célula de su cuerpo lo deseaba. Inconscientemente, ambos habían estado esperando este momento desde la primera vez que se vieron. Se besaron con premura, como si en la boca del otro hubieran encontrado un oasis cristalino en el instante en que estaban a punto de morir de sed. Tom le desprendió el uniforme celeste, descubriendo sus empinadas cumbres, la acarició y la lamió con voraz desenfreno. Ella arrancó su musculosa para quedar frente al torso desnudo que tanto había deseado; pegados cuerpo a cuerpo sin dejar una gota de aire entre sus pieles mojadas, mientras sus manos se encargaban de desprender, a toda prisa, cualquier rastro de ropa que se interpusiera entre los dos. Las baldosas del piso de Barkley's estaban heladas, pero con el calor agobiante que el roce de sus cuerpos había generado, ni siquiera lo notaron. Durante más de media hora Tom y Constanza palpitaron en el placer más intenso que ninguno de los dos hubiera experimentado en sus vidas.

Pronto se harían adictos el uno al otro, y no podrían ya volver a despegarse. En las semanas siguientes, sus encuentros furtivos se repetían cada vez con más frecuencia, y con menos disimulo. Cualquier instante en que lograran estar solos era bueno para amarse, ya fuera en el piso, de pie contra la pared de la cocina, encerrados en un baño o encima de un sillón. Constanza esperaba con ansias esos momentos, pero le costaba hacerse a la idea de su nuevo rol. Ser la amante latina de un hombre casado, que además era su patrón, le parecía un cliché indigno de ella. "Esto pronto debería terminar", se lamentaba, porque ya se había acostumbrado al fulgor del cuerpo de Tom Barkley pero sobre todo porque estaba perdidamente enamorada de él.

A pesar de que ella no dijo nada al respecto, debió transcurrir muy poco tiempo para que Tom tomara una decisión definitiva. Le bastaron tres semanas de amor desenfrenado para dejar de lado veinte años de difícil convivencia matrimonial. Tom no soportó ir en contra de sus sentimientos por más tiempo y le pidió el divorcio a Sarah.

Ésta aceptó con más soltura de lo esperado; aunque no lo dijera, era lo que ella también estaba deseando. Dividieron los bienes de común acuerdo en forma equitativa: Sarah se quedó con la casa, que al poco tiempo vendió para irse a vivir a Minessota, y Tom con el auto y el local.

Constanza no podía contener su alegría cuando supo lo que su amante había sido capaz de hacer por ella. Tom se instaló junto a Constanza y los dos chiquillos en el ambiente contiguo a Barkley's, donde ellos ya se estaban quedando. Debieron acomodarse los cuatro en la misma habitación, mientras construían una ampliación para mayor comodidad, por lo que sus encuentros románticos debieron seguir siendo clandestinos.

En cuanto salió el divorcio, Tom no sólo se casó con Constanza, sino que además adoptó legalmente a su pequeño hijo Johnny, a quien amó sin reservas, con toda la intensidad con la que se ama a un hijo propio. Se supo que Sarah Langford también se casó en Minessota, y que, con el nuevo marido, logró embarazarse ese mismo año.

11.- La cirugía

Mamá finalmente habló con Clara por teléfono, y estuvo muy bien, súper cariñosa, nada de llantos, ningún comentario sobre Diego, y hasta le mencionó la supuesta angina de la que al fin había curado, supongo que también la había subestimado a ella; ambas me dieron una lección sobre mi forma a veces errónea de juzgar a las personas, ojalá mi primera impresión sobre Antonio fuera igual de equivocada. Mamá me dijo que cuando tuviéramos novedades del donante, ella y papá vendrían para la operación; me causaba gracia imaginar la expresión en sus rostros cuando conocieran al "novio" de Clari, pero era un gran alivio que vinieran, tanta responsabilidad para mí sola me estaba sobrepasando.

Una tarde, en la feria, Clara y Antonio me preguntaron si yo tendría algún problema en que ellos fueran a cenar solos; a pesar de mis resquemores, no pude decirles que no, ¡ella estaba tan entusiasmada!, hasta la ayudé a peinarse y a pintarse, se engalanó bellísima para la cita, y yo quedé sola en el departamento del Carrer Alsina, envuelta en mis dudas, sin poder comer, ni leer, ni escribir, ni hacer nada, sólo mirando el reloj y pensando que había dejado a Clarita en manos de un desconocido, en medio de la noche, en una ciudad extraña; ¿qué dirían mamá y papá si supieran de mi actitud?, ¿estaba fallando a la confianza que habían depositado en mí? Imaginaba a Antonio apoyando su mano sobre la temblorosa pierna de Clara, ¿habrían, aquellos largos dedos, alguna vez, irrumpido su intimidad por debajo de la ropa?, más los visualizaba y más me inquietaba, no podía evitar preguntarme qué rincones del delicado cuerpecillo de mi hermana habría este hombre llegado a humedecer con su lengua tibia y experta. Mi deber, dadas las circunstancias, tal vez hubiera sido impedir esa relación, pero había una fuerza poderosa que me impedía ubicarme en ese papel..., ¿y si la operación salía mal?, el riesgo de muerte no era muy muy grande, pero bien que estaba, y bien que lo tenía presente; sería hipócrita no reconocer que esa negra posibilidad rondaba mi cabeza de ida y de vuelta en cada uno de mis actos, si —Dios no lo permitiera— las cosas se complicaban en la cirugía, y Clara fallecía, y si yo le hubiera negado su única posibilidad de entregarse al amor, no podría perdonármelo, sería una carga eterna en mi conciencia; prefería ser imprudente, pero dejarla volar.

(*Nadege está jugando con unas ramas cuando nos ve llegar.*
Las mangas le quedan muy cortas.
Nos mira y su rostro se inunda de alegría.
Nos abraza. Lágrimas corren por mi mejilla.
La llenamos de besos postergados.
Te miro, y sé que sabés lo que dice mi mirada.   )

Con el paso de los días fui ganando más soltura en cuanto a la relación entre ellos dos, y me atreví a darles más libertad, superando un poco el rechazo original principalmente (aunque no exclusivamente) generado por su insondable diferencia de edad. Solía dejarla con él en la feria, mientras me iba a pasear sola por las calles de Barcelona; al fin pude disfrutar a fondo esa bella ciudad, en la que hacía ya dos meses me encontraba inmersa sin conocer más que unas pocas cuadras, porque Clara tenía desaconsejado caminar demasiado. Compré regalos para todos y bastante ropa para mí: algunas remeras, polleras, ropa interior, zapatos, un par de botas, y varias cosas más, caminando y buscando bastante se podían conseguir buenos precios, y una tarde me animé y me fui a Llongueras a cortarme el pelo, bastante cortito, además me hice unas mechas rubias, tenía miedo de que me quedara mal, o de parecer varón, pero quedé bastante conforme con mi aspecto final, estaba cambiando por dentro y necesitaba reflejarlo con un nuevo look.

Circulaba sola por la rambla, visitaba catedrales, museos, y los edificios de Gaudí, hasta le dediqué un par de días a ordenar el departamento que ya estaba insostenible, y hacia el atardecer regresaba a la feria, donde los tortolitos se encargaban de las ventas, tanto de nuestras artesanías como de sus libros, sin necesidad de mi ayuda. Los veía bastante bien; en oposición a lo que su aspecto al principio me había sugerido, Antonio se mostraba respetuoso y cariñoso con ella, y algo en él me inspiraba una inusitada confianza de que daño no le iba a hacer. Me alegraba el hecho de que, aunque en forma diferente a la que yo hubiese deseado para ella, pudo encontrar así de fácil a alguien que la quisiera y que la acompañara, aún con todas las dificultades que, pobrecita, debía acarrear.

Finalmente llegó el ansiado día en que nos llamaron de la clínica Vallès para informarnos que ya habían conseguido la válvula biológica para Clara, y fijaron fecha para la cirugía: el martes 15 de agosto; Antonio vino con nosotras a los chequeos prequirúrgicos, e incluso la acompañó al dentista. Mamá y papá llegarían el lunes, estábamos en la fase final, preparándonos para lo que se venía; la omnipresencia abrasadora de la catedral de Santa María del Pi me daba esperanzas, su belleza antigua me inspiraba protección, todo tenía que salir bien, muy bien; ya demasiado golpeada había sido nuestra familia con el reciente fallecimiento de mi hermano Diego, esto sería excesivo, no se puede tener tan mala suerte en la vida. Clara estaba tranquila, optimista, bien predispuesta, más enarbolada en sus sueños de amor que preocupada por los riesgos de la cirugía.

Dos días antes de la operación, vemos a una niña gitana acercarse a nuestro puesto, Oye, ¿tú eres Antonio? Sí, yo soy, ¿por qué?, Ten cuidao, que mis primos se han enterao de lo de Estrella y vendrán por ti, los oí decir que te quieren ver muerto, ¡más te vale que huyas antes que te pillen que si no, no la cuentas! La chiquilla se fue corriendo y los tres nos quedamos anonadados, tratando de descifrar sus palabras, ¿Qué es lo de Estrella, si se puede saber?, enfrenté a Antonio, quien manifestó no tener la menor idea del tema, pero pronto vimos a un grupete de gitanos acercándose a paso rápido, ¿Con que tú eres el tal Antonio, eh?, ya vas a ver lo que es meterse con una gitana. Lo tomaron del cuello y lo golpearon entre varios, ante el estupor de los transeúntes que se detuvieron a observar pasivamente el enfrentamiento, saciando su morbosidad, sin atreverse a involucrarse para separarlos; Clarita se acurrucó contra mi pecho para no ver, pude sentir el latido ligero de su corazón, ¡que resista, Dios mío, que resista!, Antonio logró apartarse de ellos y se alejó corriendo, lo dejaron ir no sin antes gritarle que si lo volvían a ver por ahí le meterían un tiro en la cabeza. En todo el día siguiente Antonio ni pintó por la feria, lo estuvimos esperando, pero no éramos las únicas, así que bien habrá hecho en no aparecer; esos hombres volvieron a presentarse ante nosotras para preguntarnos por Antonio, les juramos que no teníamos noticias suyas, y les pedimos que nos explicaran de qué se trataba todo esto, ¿Queréis saber qué pasa?, ¡pasa que este payo desgraciao sa tirao a una muchacha nuestra y la dejao preñá, y ni siquiera cargo se hace, ha deshonrao a nuestra familia y que eso en nuestro pueblo se paga con la sangre!, ¡que se cuide mucho ese Antonio, ya va a ver con quienes sa metió! Ni bien se alejaron, Clarita se echó a llorar desconsoladamente, hice todo por contenerla, No puede ser, no puede ser, repetía, y yo creía que sí podía ser pero la consentía, Seguro hay un error, mi chiquita, ya vas a ver, no te pongas así por favor, además, pensá un poquito, para que un embarazo se note tienen que pasar unos meses, si de veras pasó algo debe haber sido antes de empezar a salir con vos, no quiere decir que te haya engañado, No, Lina, vos lo ves todo muy sencillo, pero ¿cómo no me dijo nada?, si la novia anterior que me contó que tuvo fue una chica de Madrid, hace como siete meses, y supuestamente no había estado con nadie más después de ella…, me muero si me mintió, Linita, ¿y si va a ser padre y no me dijo nada?, Vamos a llamarlo por teléfono, a ver qué nos dice, sugerí. Pero esa noche bajamos tres veces al locutorio a intentarlo y todas ellas nos respondió el contestador de su celular, Vamos, Clarita, no te pongas tan mal, seguramente lo tenía descargado, ya las cosas se van a aclarar; toda la noche la pasó llorando.

Cuando llegaron nuestros padres, a la mañana, y la vieron ojerosa y demacrada, habrán pensado que estaba muy asustada por la operación; desayunamos los cuatro juntos en el Bar del Pi, y Clarita estaba ausente, seria, pensativa, ¿por qué tuvo que ocurrir esto justo ahora, justo antes de la operación? ¡Maldita sea!, ¿Cómo pude fiarme así de un escorpiano? ¡Debería haberle hecho caso a mi primera intuición!

Fuimos para la clínica, donde le asignaron una habitación en la cual esperar; el doctor Rivera y papá charlaron largo y tendido sobre cada detalle, todo estaba preparado para la cirugía que tendría lugar en pocas horas. Cerca de las seis de la tarde sentimos que alguien golpeaba la puerta y entraba a la habitación con un hermoso ramo de flores, ¡era Martín!, ¡se vino desde Suiza para acompañarnos! Mis papás se quedaron duros al verlo entrar, sin duda no esperaban encontrárselo allí, pero fue un reencuentro alegre y emotivo: Mamá lloraba, colmándolo de cariño, libre de cualquier resentimiento, Papá pudo vencer su aversión al contacto físico para ofrecerle un gran abrazo que intentara sintetizar la relación perdida durante estos cinco años. No existían tendencias sexuales, reclamos, ni ausencias, estábamos todos juntos para apoyarnos el uno al otro en un momento tan crítico y decisivo de la vida familiar; le dimos muchos besos y palabras de apoyo a Clari antes de que se la llevaran al quirófano, y luego nos quedamos en la sala de espera, comiéndonos las uñas, dándonos ánimo, yendo y viniendo de aquí para allá con nerviosismo.

En aquel lugar también estaba Mariano, y, extrañamente, había venido Patrice, quien demostró ser muy cordial, preocupado todo el tiempo por ofrecernos cualquier cosa que pudiera alivianar nuestra ansiedad, regalándonos palabras de aliento, yendo y viniendo de la cafetería para traernos algo de tomar, y además fue el único que en medio del trajín tuvo el detalle de decirme que el corte de pelo me había quedado re bien; lo había visto en muy pocas ocasiones, pero ese día lo sentí como parte de nuestra familia. Cuando por fin asomó el doctor Rivera por aquella puerta verde pastel y llamó nuestro apellido, nos acercamos pálidos, con el aliento congelando, a ver qué tenía para decirnos; a mí me bajó la presión de tan de golpe que me levanté de la silla, toda la vida pasó ante mis ojos en aquel instante, que parecía más un sueño que la realidad, lo que el doctor dijera marcaría para siempre mi forma de ver el mundo, el sentido o sinsentido de mi existencia. Me dolían los hombros de tanta tensión; me pareció apreciar que la cara del médico no era excesivamente seria, hasta creo haberle visto una sonrisa, morirse no se debe haber muerto, si no tendría otra expresión, llegué a razonar segundos antes de que nos comunicara que todo había salido muy bien y que Clara ya había pasado a recuperación en la sala de cuidados intensivos.

Tremendamente aliviados por estas palabras, nos abrazamos y lloramos de alegría todos, sin excepción. En medio de la algarabía vi pasearse por la sala a un fantasma largo y amoretonado: Antonio sabía muy bien el lugar y la fecha del procedimiento y quiso estar allí; me acerqué a él y lo aparté hacia un pasillo, al menos no se borró olímpicamente, como temía que hiciera, pensé, tranquilizada también de que no lo hubieran matado, su falta de respuesta en el celular nos había hecho pensar cualquier cosa. Entre el alivio y el enfado, le dije La operación salió bien, pero ahora Clarita está dormida y en recuperación, cuando se despierte le voy a preguntar si quiere verte aún, después de lo que pasó, pero no creo, la verdad, que quiera, porque está muy dolida con vos. Antonio me aseguró que él no había hecho nada malo, que no tenía idea de qué lo acusaban, entonces se lo dije sin miramientos, que ya sabíamos que había embarazado y plantado a una tal "Estrella", ¿Qué?, negaba con cinismo, ¡Eso es mentira!, ¿de donde coño sacaron esa estupidez?, Ah, no sé, imaginación nuestra será…, te voy a pedir un favor: no te hagas el gil, porque ya no nos engañás, a ver, ¿por qué tenés el ojo en compota, si no?, no niegues lo innegable; yo ya me había dado cuenta de que no eras de fiar, debí haberle hecho caso a mi intuición, ¿qué valor tuvo lo que me dijiste aquella vez en la feria?, que la querías, que eras incapaz de hacerle daño, ¿dónde quedó todo eso?, ¡en la panza de una gitana quedó! Él insistía en que yo estaba diciendo idioteces sin sentido, sonriendo con cierta altanería irónica, pero, por más que quisiera, no podía creerle, ahora menos que nunca: Te pido que te vayas, están mis papás, no quiero problemas, por favor, andate, Antonio, no nos hagas más daño, me volví —llorando, claro— hacia la sala donde estaba mi familia, y Antonio se fue refunfuñando que estábamos todos locos, que él no había embarazado a ninguna gitana.

Recién pudimos sentir plenamente que el peligro ya había pasado dos días después de la operación, cuando mi hermana salió de la sala de cuidados intensivos y pasó a la habitación normal; los médicos estaban muy satisfechos con su evolución: la juventud y vitalidad de Clara habían ayudado a que la recuperación fuera más rápida, pero ella estaba apagada, muy cansada, triste, no tenía ganas de levantarse, de comer o de hacer los ejercicios que le indicaban los doctores. No decía nada sobre la causa de su desgano, pero, aunque no había preguntado por él, yo sabía que era por Antonio, y hubiese querido matarlo, tal vez había sido una estúpida en permitir esa relación, aún sabiendo que esto podía suceder, me recriminaba.

Mamá y papá se instalaron en nuestro departamento del Carrer Alsina, Martín y los suyos en el hostal París, muy cerca de nosotros y a unos pocos minutos de la clínica, y nos turnábamos para hacerle compañía a Clarita. Yo pasaba muchas horas con ella, colaborando con las enfermeras y médicos del lugar, intentando levantarle el ánimo a mi convaleciente hermana, que ni siquiera sonreía. El trato entre mis padres y mi hermano fue muy positivo, ninguna muestra de desaprobación, por más que él iba y venía siempre con Mariano a todos lados; valoraron mucho que Martín estuviera allí, acompañándonos, igual que yo lo valoraba, y evidentemente Clara más aún. Fue la muestra de que nuestra familia no estaba desarmada, a pesar de los problemas por los que hemos pasado, estábamos todos juntos en el viejo continente, unidos por el fuerte deseo de que las cosas salieran bien.

Patrice también, aunque no era miembro de nuestra familia, estuvo a nuestro lado, firme y servicial, ayudándonos en todo lo que estaba a su alcance; a mi mamá le cayó muy bien, me preguntó si era mi novio, porque solía venir en los horarios en que yo estaba y nos quedábamos siempre conversando mientras Clara descansaba, o nos íbamos de la clínica juntos cuando venía alguien a reemplazarnos, me fascinaba con sus anécdotas de viajes solidarios, siempre tan coloridas e increíbles; pero no, no éramos novios, aunque indudablemente él me veía de un modo especial, pero yo no a él, no era lo que se diga un muchacho "llamativo" o "bello", como aquellos con los que acostumbraba a involucrarme, no llegaba a resultarme atractivo, pero su personalidad me parecía encantadora como para ser un buen amigo. Incluso después de que Martín y Mariano volvieron a Lugano, transcurrida una semana, Patrice se quedó en Barcelona y no dejó de venir ni un solo día a la clínica, nos llevaba y nos traía a mis padres y a mí con su auto de alquiler, sin importar la hora; no me costaba creer las hazañas altruistas que me relataba, si yo misma estaba viendo cómo aquel muchacho sacrificaba días enteros de su vida por colaborar desinteresadamente con nuestra familia, a pesar de que recién nos acababa de conocer.

Clara estaba dormida, y yo, sentada a su lado, con una mano tomaba la suya y con la otra le acariciaba con suavidad su cabello castaño, tan brillante y sedoso, cuando entró Patrice y me dijo despacito, para no despertarla, que en la sala de espera había unas personas preguntando por mí. ¿Quiénes serían?, intrigada, recorrí el largo pasillo para encontrarme con tres extrañas figuras: Antonio, el único que razonablemente podía llegar a estar esperándome allí, estaba acompañado de una mujer gitana, sin duda una de las de la feria, y de un hombrecillo rubio y pecoso, al que también conocía, aunque no llegaba a darme cuenta de dónde..., ¡ah!, ya sé quién es, es uno de los pintores que estaban en las sombrillitas al lado de la Catedral, uno que vendía unas acuarelas muy bonitas, que pintaba allí mismo y alguna vez me detuve a observar como lo hacía, ¿qué estarán haciendo aquí? Me acerqué a ellos, callada, sin saber cómo reaccionar o qué preguntar, Antonio se me adelantó y comenzó explicarme que aquella muchacha era la mentada Estrella, y que había venido a explicarle a Clara la verdad, Mira bonita, prosiguió ella, Pues lo cierto es que entre este hombre y yo nunca ha habío nah; mi amor, y padre de mi hijo, en verdad es Lisandro, que está aquí con nosotros pa' dar fe de lo que digo. El rubio asentía, con su cara de galleta de agua, Pero como él es un payo, y mi familia tan conservadora, cuando supieron de mi embarazo y me preguntaron quién era el culpable, no me animé a decirles su verdadero nombre; ellos estaban enfurecíos, y tuve miedo de que le hicieran daño cuando lo supieran, por eso les nombré a Antonio, con quien tuvimos varios disgustos en el pasao, quise pensar en el sujeto más odioso que hubiera conocío, y sólo me vino su rostro a la mente, siempre man indignao las personas racistas, que nos rechazan sin saber na de nuestra cultura, que nos tachan de ladrones o de vagos por pura ignorancia, y con esta mentira vi la oportunidad de darle una lección. No estaba segura de si creerles la nueva versión, o si todo sería una mentira bien armada, la gitana me dijo que Antonio había enviado a la sobrina —la misma niña de aretes grandes y uñas pintadas que vino a advertirnos el día del altercado en la feria— a decirle que debía hablar con ella con urgencia, que lo habían involucrado en algo en lo que nada tenía que ver y a causa de eso la vida de una persona inocente corría peligro, Cuando me encontré con él, muy lejos de la feria pa' que no nos vieran mis primos, y supe de tu hermana y la operación ésta que le iban a hacer, me sentí muy culpable por mi mentira: yo nunca quise hacerle daño a una niña como ella, no podía imaginarme una cosa así, por eso ahora he venido aquí pa' hablarle y confesarle toa la verdá. El rubio abrazaba a Estrella, mientras ella terminaba de soltar su vozarrón fuerte, dándole realismo a la aseveración de que ellos eran una pareja, Por favor, Lina, imploraba Antonio, Déjanos pasar a verla, yo adoro a tu hermana y no he podido estar a su lado desde la operación, estoy desesperado por verla y sé que ella también me necesita a mí; anda, no seas cruel, dime que sí, te estoy demostrando que no la he engañado. Les dije que yo iría a ver si Clara estaba despierta y le preguntaría si deseaba verlos o no, y eso hice: entré a la habitación y mi hermana estaba sentada en su cama, charlando con Patrice, y entonces le conté quiénes estaban allí afuera, y lo que me habían dicho. Pude advertir la enorme felicidad que sacudió a Clara al apenas oír el nombre de su amante, Por favor, ¡decile que pase!, me pidió, emocionada, Bueno, ahora le digo, y a la gitana y al chico este que vino con ella, ¿los hago pasar también?, No, sólo a él, Está bien, mirá que verlos te ayudaría a evaluar si te impresionan como sinceros, a mí me parecieron bastante convincentes, pero sería bueno que vos misma pudieras juzgarlos, ¿no te parece? Pero Clara insistió en que sólo quería ver a Antonio, así que fui a llamarlo y lo acompañé hasta la habitación. El reencuentro fue tan tierno que llegó a conmoverme desde lo más profundo, Clarita no hacía preguntas, sólo le besaba la mano y le decía que lo había extrañado mucho, él le prometió que ya nada volvería a separarlos, se sentó a su lado, la abrazó fuerte y la besaba en los labios, en la frente, en la mejilla, Clarita, mi amor, ¡cómo me alegra que estés bien!

Patrice me hizo en el hombro una señal de que mejor los dejáramos solos, tenía razón, y entonces nos fuimos a la cafetería de la clínica, donde le relaté toda la historia de Clara y Antonio: le confié las dudas que yo había tenido sobre esa relación, y lo difícil que me había sido tomar las decisiones, siempre pensando en qué sería lo mejor para Clara, Patrice me comprendía, él, en mi lugar, se habría sentido igual de presionado, pero también recalcaba que los vio muy bien juntos, que era evidente que se querían mucho. Nos quedamos conversando hasta las ocho, hora en la que él tenía que ir a buscar a mi madre, a quien le tocaba quedarse esa noche en la clínica.

Volví a la habitación y encontré a Clarita y Antonio de lo más animados, ella riendo con suavidad por unos chistes y anécdotas que estaban compartiendo, conteniendo las carcajadas para que no le doliera el pecho recién operado. Al verla tan feliz, por primera vez me alegré de la presencia de aquel hombre, ella lo estaba esperando, lo necesitaba desesperadamente, y ahora que él había vuelto se sentía completa y feliz; yo nunca había vivido un amor así.

Antonio se fue esa noche un ratito antes de que llegara mamá, pero regresó cada día a visitar a mi hermana, que desde entonces estaba mucho más contenta y entusiasmada, su cambio fue notorio, se levantaba cada vez con más frecuencia, y su rehabilitación cardíaca fue todo un lujo. Sería por eso que, cuando llegó el momento en que Clarita le presentó su novio a mis padres, ellos no repararon en su pelo largo ni en su ropa deslucida, ni siquiera en el hecho de que casi la doblara en edad y en estatura, sólo vieron en él a la persona que le había devuelto la alegría a su hija, quien estaba radiante y cada día mejor, al punto que en poco tiempo los médicos, anonadados por su progreso, le dieron el alta. La forma en que mis padres aceptaron a Antonio, con tanta facilidad, sin peros, sin preguntas, me hizo replantearme mi actitud excesivamente conservadora; ellos, que para mí eran rígidos como el plomo, anticuados e intransigentes, habían resultado ser más abiertos que yo, con mis escasos veintiséis años. Un día les pedí perdón a Clara y Antonio por mi actitud, y desde entonces me sentí más aliviada, como si me hubiera liberado de una carga pesada; sólo restaba revelarle a mi hermana la verdad sobre el fallecimiento de nuestro hermano Diego. El doctor Rivera, el día del alta, nos aseguró que su corazón ya estaba en perfectas condiciones y que podíamos decírselo sin más riesgos que la tristeza y el dolor espiritual que genera en cualquier mortal una noticia como ésa. Hubiéramos deseado que ese momento no llegara nunca, pero no podíamos seguir estirándolo; ya no había excusa alguna para permitir que la bola de nieve de los ocultamientos innecesarios siguiera agrandándose. Fue a nuestra llegada al departamento del Carrer Alsina, que —cuidadosamente— fue surgiendo el tema; estábamos todos juntos, repartidos entre las camas y las sillas, comiendo unos churros que habíamos comprado en La Pallersa, yo me había asomado a la ventana, y, mirando hacia la Catedral, rezaba en silencio, agradeciendo a Dios que todo hubiera pasado y que mi hermana ya estuviera bien, fuera de peligro, y pidiéndole que el descubrimiento de la triste verdad, al que Clarita estaba a punto de ser sometida, no la tirara demasiado para atrás. Desde allí mismo, parada junto a la ventana, oí paralizada como papá empezaba a dar los rodeos anticipatorios, que tenía que decirle algo muy triste que había sucedido en Buenos Aires hacía un tiempito, que no se lo contaron antes porque podía ser contraproducente, ya que ella tenía que estar anímicamente bien predispuesta para la operación, pero que ahora que ya había pasado todo, había llegado el momento de decirle la verdad, Tenés que ser muy fuerte, hijita, es algo que tiene que ver con tu hermano Diego... Clara abría sus enormes ojos negros, preocupadísima, pálida, mientras tomaba con firmeza la mano de su novio, que estaba sentado a su lado, mamá ya estaba llorando, ¿Qué pasó, papá?, ¡por favor, decime!, ¿que pasó con Diego?, inquirió, asustada, y papá le dijo primero que había tenido un accidente, y luego, con la voz casi ahogada por la angustia, que lamentablemente murió. Clarita no podía creerlo, al principio, y cuando cayó en la cuenta de que era verdad, se puso a llorar desconsolada, igual que como yo o como Natalia habíamos llorado cuando lo supimos. La abrazamos, uno a uno, la acompañamos en su dolor, que también era el nuestro; Clara nos preguntaba ofendida por qué no se lo habíamos dicho antes, y al rato nos dijo que quería hablar con María Paula y con los nenes, y Antonio la acompañó hasta el locutorio, ya que nuestro departamento no tenía teléfono, caminando despacito porque todavía estaba en rehabilitación. Con el paso de los días, y todo el cariño de quienes la rodeábamos, Clara fue elaborando su tristeza con altura, con dignidad, con la vista clavada en el futuro; una tarde nos dijo que quería ir a terminar su rehabilitación en Zaragoza, donde había nacido Antonio y de donde era su familia, porque la cosa con los gitanos de la plaza del Pi estaba muy difícil: a pesar de que Estrella ya se había fugado con el verdadero amante, no tuvo la delicadeza de aclararles las cosas a sus familiares, y las amenazas contra Antonio no habían cesado, más de una vez debió salir corriendo entre la gente para evitar ser golpeado nuevamente; su ciclo en Barcelona ya había concluido, era tiempo de regresar a su hogar, y quiso que Clara fuera con él. Mis padres no se opusieron, pero manifestaron su deseo de ir con ellos a Zaragoza, al fin y al cabo habían viajado desde lejos para acompañar a su hija menor durante su delicada cirugía cardiovascular y todo el tiempo que llevara la recuperación total, y eso es lo que pensaban hacer, fuera en Barcelona, o donde fuera. Y yo..., ¿qué haría ahora?, ¿ir con ellos?, ¿volver a Buenos Aires?, ¿Por qué no vienes a Lomé?, me ofreció Patrice, Tu hermana ya está recuperándose, y va a estar bien acompañada con su pareja y con sus padres, en Zaragoza, creo que las circunstancias están dadas para que vengas, si es algo que te interesa, que te sensibiliza, es una experiencia que mereces vivir, ¡además no tenemos ninguna enfermera en nuestro equipo!, vamos, Lina, piensa en el bien que podrías hacerle a esos niños y mujeres, ¡convéncete!, te prometo que no te vas a arrepentir. Al principio me reía, pero luego empecé a planteármelo más seriamente, ¿por qué no?, la brigada a Togo saldría desde Madrid en sólo cinco días, parecía un mundo muy lejano, pero era una realidad, una realidad distinta que yo podría conocer, y que podría con mi aporte ayudar a mejorar.

Por favor, Lina, hacé tu vida, no te detengas por mí, andate a África con Patrice, si eso es lo que deseás, ¿cómo te voy a decir que no?, vos ya hiciste demasiado por mí, hermanita, me acompañaste todo este tiempo, me cuidaste, pude cumplir mis sueños gracias a vos, como cuando te pedí para hacer artesanías en la feria, o ir a cenar a solas con Antonio por primera vez, me apoyaste, a pesar de que podían parecerte puras locuras; te estoy muy agradecida, y no quiero que dejes de cumplir tus propios sueños por mi culpa; yo voy a estar bien en Zaragoza, con papá y mamá, y con Antonio, andá tranquila, en serio. Cada vez con más fuerzas sentía que las lejanas y misteriosas tierras africanas me estaban llamando, Patrice era muy convincente, Clara y mis papás me apoyaban en la decisión, y algo dentro de mí me decía que debía hacer aquel viaje, ya no era la Lina que vivía encerrada en su propia mente, refugiada en una realidad subjetiva a la que nadie más tenía acceso, ya me había alejado del calor de la casa natal y me había aventurado por Europa, acompañando a mi hermana en la travesía que la devolvería a la salud; había logrado sanear la relación con mis hermanos, con mis cuñados, con mis padres, volviéndolas más humanas, más puras y profundas, era un momento adecuado para buscarme nuevos problemas. Me incitaba la promesa del placer de hacer, y el de ayudar, como mi Héroe, que aguardaba palpitante en su cuaderno a que escribiera el final de su historia, un final que ameritaba llegar entre las sofocadas paredes de un hogar de acogida para grupos necesitados del África subsahariana, mientras me convertía en acción pura, abriendo mi corazón para incluir al mundo, brindándome desinteresadamente, como él, desde su mundo de tinta, me había enseñado.

(*Al fin aceptaste adoptar a Nadege. Este reencuentro puso en evidencia
lo mucho que nos queremos y nos necesitamos.
Estamos ante el funcionario público.
Un tipo gordo, duro y desagradable.*

Nombra mil impedimentos para la adopción.
Todos estúpidos. Sólo piedras en el camino.
Le ofreces dinero. Se ríe.
-No estaría mal. Pero hay otra cosa que también deseo…
Me mira con lascivia y de sólo pensar a qué se puede referir, me dan arcadas.)

Me invadió una cierta nostalgia cuando devolvimos a su dueña la llave del departamento de la plaza del Pi, una etapa de mi vida había concluido, una etapa que me marcaría por siempre. Todos dejamos Barcelona ese día, Clara, Antonio y mis papás primero, hacia Zaragoza, nosotros apenas unas horas después. Los fuimos a despedir, muy temprano por la mañana, en la estación de tren; mi hermana me dio un largo y emotivo abrazo, mis padres me felicitaron, me agradecieron por lo que había hecho, me dijeron que estaban muy orgullosos de mí, y de lo mucho que había madurado en estos meses. Hasta Antonio me despidió con un beso y una sonrisa comprensiva; me desearon suerte en la nueva aventura que emprendería, tan distinta a cualquier cosa que hubiera conocido en el pasado; yo también les deseé mucha suerte en Zaragoza, sin atreverme a preguntarles qué ocurriría cuando, en unas pocas semanas, el período de rehabilitación culminara y Clara estuviera en condiciones de viajar a Buenos Aires. Tal vez él, acostumbrado a vagar con sus libros de ciudad en ciudad, se arriesgara a dar un paso más grande y cruzara el océano junto a ella, o tal vez ella decidiera permanecer a su lado, en España; pero viéndolos juntos, se me hacía muy difícil pensar en que se separaran, en que ella regresara y él no, su amor había superado las pruebas más difíciles, habían estado juntos en las malas, ahora merecían estarlo en las buenas.

Tras ver su tren alejarse en el horizonte, compramos unas bebidas para el camino y emprendimos nuestro trayecto a Madrid, en el Renault blanco que Patrice había alquilado; fuimos conversando todo el camino, yo sobrecogida por la serenidad que me trasmitía la experiencia y el temple de aquel increíble trotamundos francés que el destino me había presentado, sin el cual nunca me habría atrevido a encarar un desafío como éste, y que a pesar de mostrarse tan fuerte y decidido en algunas cosas, se sonrojaba como un niño cuando lo miraba a los ojos, y eso me llenaba de ternura, nunca había tenido un amigo como él.

12.- Un sueño muy lúcido

Johnny se sentó frente a la puerta del cuarto de Gilverto. No se daría por vencido hasta que él no saliera a hablarle, así tuviera que pasar toda la noche allí. Le habló de Constanza y de Tom, de lo mucho que lo amaban y del daño que sus almas sufrirían si pudieran verlo en ese estado. Le habló de honor, de valor, de respeto. Le recordó muchísimos momentos del pasado, le hizo revivir, por ejemplo, todas las dificultades que debieron superar cuando lo del Mariel.

—¿Te acuerdas, Gilver, de aquella época? Eras sólo un niño y tu único sueño era poder irte de Cuba para acceder a un mundo mejor, lleno de posibilidades y de libertad. Recuerda aquel muchachito que eras, ponte en su lugar por un rato e imagínate mirando al futuro: ¿qué esperarías encontrar? Seguro no esto que estás viviendo ahora. ¿Dónde quedaron aquellas ilusiones?, ¿aquel espíritu de lucha?

Johnny no sabía si a esa altura su tío lo estaba escuchando o ya se había quedado dormido, tal vez en el piso, vencido por la droga y el alcohol como en otras ocasiones. La puerta se interponía, blanca e implacable, entre él y su interlocutor, pero prosiguió argumentando incansablemente. Probó todas las estrategias. Dio todo de sí para ser convincente, hasta que finalmente el frío silencio se rompió y un sórdido rugido irrumpió desde dentro del cuarto. Sus palabras habían logrado llegar al corazón de Gilverto, y ahora éste lloraba a moco tendido. La puerta se abrió, y tío y sobrino se encontraron en un abrazo demorado, merecido.

-Yo quiero cambiar, Johnny —le expresaba Gilverto entre lágrimas—. Tienes razón en todo lo que me dices, lo que pasa es que no puedo. No sé como alejarme de las drogas, estoy atrapado, ¿me entiendes? ¡Las necesito!

121

—*Mírame a los ojos: te prometo que te voy a ayudar. Lo más importante es tu actitud, el haber reconocido el problema y tener el deseo de salir de la adicción. Ese simple hecho es la mitad del camino, y ya la tenemos ganada. Confía en mí, verás que a partir de ahora todo se irá encaminando. Johnny estaba convencido de sus propias palabras. Lo más difícil estaba logrado. Ahora que la voluntad del involucrado se había volcado a favor del cambio, sólo necesitaban fuerza y tenacidad para salir adelante, y eso no les faltaba a ninguno de los dos.*

No fue muy difícil encontrar un centro de rehabilitación especializado, y Gilverto Herrera intentó entregarse a sus consignas, poniendo su mejor actitud para conseguir el objetivo deseado. La filosofía de la institución fundaba la reeducación de toxicómanos en una serie de premisas respecto de la droga, la más fundamental de las cuales era la regla de abstinencia. Regla de cumplimiento tan difícil como fácil su enunciado: nada de droga dentro ni fuera de la institución. Al mismo tiempo, Gilverto debió someterse a otras dos restricciones: nada de violencia ni de sexo.
La cruda y repentina abstinencia se le hacía insostenible, sin siquiera haber tenido tiempo de elaborar el proceso, de comprometerse activamente con su deseo de abandonar el vicio, de comprender las dificultades que esto acarrearía. No le servían de nada las actividades sociales y recreativas que promovían desde la institución, ni le aliviaban los medicamentos, los grupos de autorreflexión, ni las entrevistas con profesionales. Gilverto se sentía observado, y acabó desarrollando un lazo de tipo fingido de obediencia, que se fortalecía en la medida que atravesaba momentos de aislamiento, angustia y desolación. Intentaba cumplir con lo que se esperaba de él, pero tenía la sensación interna de que todo era ficticio; de que estaba actuando en contra de su propia naturaleza, y que esa mentira no podría sustentarse a sí misma durante mucho tiempo. Cada vez lo vencía la desesperación con mayor frecuencia; entonces volvía a los callejones, a encontrarse con sus viejos amigos y borrar en pocos minutos de exaltación todo el avance que había conseguido con esfuerzo y disciplina.
Johnny Barkley estaba por completo comprometido con la rehabilitación de su tío, y sufría a su lado cuando lo veía sucumbir una y otra vez. Había prometido ayudarlo y esa era su mayor obsesión. Notaba que la institución en cuyas manos se habían confiado no era capaz de brindarles la salida que necesitaban. Permanentemente buscaba una mejor manera de

ayudarlo, sin encontrarla, hasta que una noche tuvo un sueño que iluminó su esperanza.

En ese sueño, Johnny se encontraba en una discoteca con sus amigos, bailando al son de música psicodélica y bebiendo a altas horas de la noche. Uno de ellos, Clifton Katz, le ofrecía una píldora especial:

—Tómala —le decía—. Te la regalo. Pruébala y descubrirás un mundo nuevo y espectacular, de sensaciones que merecen ser vividas.

Johnny se negó rotundamente. Nunca había probado la droga, y tenía muy claro que no deseaba hacerlo; mucho menos ahora que conocía de cerca los desastres que provocaba y lo dificultoso que resultaba escaparse de sus redes.

—Pero, amigo, ¿no confías en mí? Yo nunca te ofrecería algo que pudiera perjudicarte. ¿No te das cuenta que esta pastilla no puede dañarte porque no es real? Mira a tu alrededor, Johnny. ¿Dónde estás? ¿Cómo llegaste hasta aquí? ¿Dónde estabas antes?

Johnny miraba absorto a su alrededor y no lograba encontrar esas respuestas que debían ser tan simples. Un sentimiento de extrañeza se había apoderado de él. En ese momento reparó en lo inverosímil que era aquel escenario de límites borrosos, repleto de personajes exóticos y elementos extravagantes. Se miró las manos y no pudo verlas con nitidez.

—Ya estás empezando a entender de qué se trata todo esto, ¿verdad? Date cuenta de una vez, Johnny. ¡Estás soñando!

No era la primera vez que dentro de un sueño tomaba conciencia de que estaba soñando, pero el asombro de descubrirse otra vez en ese estado tan singular lo había hecho tambalearse de emoción, y estuvo a punto de despertarse en ese instante. Pero quiso calmar su excitación, se concentró en mantenerse dentro del sueño y volvió a mirar a su amigo —cuya imagen se había vuelto a estabilizar— agradeciéndole por la gentileza de haberle enseñado que estaba dentro de un sueño.

—¿Ahora me crees que es imposible que esta pastilla te haga daño? —insistió aquél—. Mírame, para que te convenzas.

El amigo se sacó una mano, como si fuera un muñeco de plástico, y la arrojó por el aire.

—Este no es mi cuerpo real, al igual que el tuyo en este momento está descansando en una cama, lejos de aquí, en otra dimensión. Vamos, tómala. —Le extendió su mano con la misteriosa pastilla que ahora irradiaba rayos de luz—. No es materia, es idea pura. No contiene químicos que puedan atrofiar tus neuronas. Usa la lógica, no tienes nada que perder.

Johnny se exprimió el cerebro al máximo para cerciorarse de que aquello no podía ser un engaño. Estaba por completo seguro de que estaba soñando. Lo verificó una vez más tapando sus fosas nasales con sus dedos índice y pulgar, y descubriendo que, aún así, podía seguir respirando normalmente. Su lógica no podía fallarle de ese modo. Su amigo tenía razón, no había riesgos.

Tomó la pastilla entre sus dedos; la miró, la tocó, sorprendido de lo real que parecía todo aquello, y finalmente se la llevó a la boca; la ingirió de un solo trago. Al hacer esto, un fuerte viento le sopló en la cara, barriendo con todo lo que estaba allí. La gente, las mesas, los parlantes, las luces azules, se escaparon a una velocidad vertiginosa y fueron reemplazados por otras cosas: lugares, rostros, recuerdos fugaces, flores de miles de colores, voces superpuestas que le aturdían con frases que no llegaba a asimilar y hasta la mano extirpada de Clifton. Todo giraba frenéticamente a su alrededor, mientras Johnny, algo asustado, se dejaba arrastrar por aquel remolino sensorial; sin analizar ni juzgar nada, limitándose a vivenciar aquella experiencia increíble en la que estaba inmerso.

De a poco el ritmo fue aminorando, las voces fueron guardando silencio, y una suave brisa lo sostenía flotando en medio de una nube de colores. Estaba boca arriba, pero su cuerpo era tan liviano como una pluma. Comenzó a sentir un suave cosquilleo en los pies, que luego se expandió por las piernas, el tronco, los brazos, la cabeza. Esa sensación sumamente placentera fue acrecentándose cada vez más, con un vibrato que lo envolvía como la turbina de un avión; que lo electrificaba cada vez más hasta que todo su ser estalló en un gran orgasmo de luz, intenso y duradero, haciéndolo vibrar en una energía extática, distinta a cualquier cosa que él hubiera experimentado antes.

El zumbido lo fue abandonando de a poco, y Johnny ya no podía sentir su cuerpo. Estaba suelto, vacío, en alma pura, en medio de la luz. Era una luz cálida y blanca, la más brillante que se pueda concebir, aunque no lo enceguecía. El sentimiento de paz y placer que lo envolvía era absoluto. Hubiese deseado permanecer por siempre en aquel estado.

Pero poco a poco, la luz se fue alejando, y Johnny volvió a sentir su cuerpo; primero liviano y relajado, luego en toda su dimensión material. Yacía boca arriba en la cama, y a pesar de que estaba ya conciente de ello, no podía moverse por más que lo intentara.

Esta situación en otras circunstancias lo habría desesperado, pero el recuerdo fresco de la increíble experiencia que acababa de vivir lo alejaba de cualquier emoción negativa. Antes de que pudiera darse cuenta, ya había retomado el control de su cuerpo. Se sentó en la cama, abrazando a su almohada. Sorprendido y feliz con lo que le había sucedido. Tuvo un día radiante, lleno de energía. Su experiencia fue fuerte y maravillosa, pero aún más fantástico era el hecho de que para llegar a ella no había necesitado ningún estupefaciente. Ni siquiera había tomado una gota de alcohol aquella noche. En el sueño su amigo hablaba en serio: la pastilla que ingirió no era real, y sin embargo sus efectos fueron impresionantes. Todo estaba en su mente. Un simple sueño había desembocado en una experiencia espiritual y sensorial inigualable, quedando su organismo limpio, puro, libre de cualquier adicción.

Y esta era la musa inspiradora que Johnny había estado esperando. Si otras personas —su tío Gilverto, por ejemplo— lograran acceder a este tipo de experiencias en estados de conciencia alterados, sin necesidad de drogas, pronto podrían liberarse de ellas de forma natural sin que esto les significara una gran pérdida. Entusiasmado con la idea, le contó todo con lujo de detalles a Gilverto, quien se quedó fascinado con la narración. Lo que Johnny había vivido no sólo estaba al nivel de lo que podía experimentarse con la cocaína, el MDMA o el LSD, sino que lo superaba ampliamente en calidad e intensidad. ¿Pero cómo lograr esos estados a voluntad?
Los siguientes meses, Johnny Barkley compró y leyó decenas de libros sobre estados alterados de conciencia, meditación, sueños lúcidos, hipnosis, drogas y psicología de las adicciones. El germen de ASCADP (Programa Anti-Drogas Basado en Estados Alterados de Conciencia, por sus siglas en inglés) ya había brotado. Sólo le restaba ponerse en contacto con las personas que lo acompañarían en el emprendimiento: psicólogos, psiquiatras, hipnotistas y especialistas en estudios del sueño.
No descansó hasta llegar a los profesionales que compartían su particular visión sobre el asunto, con los que formó un grupo de investigación, tomando a Gilverto como primer paciente experimental. Su cerebro conocía muy bien el efecto de las drogas, y cuando por primera vez pudo drogarse en un sueño, logró replicar esa sensación a la perfección sintiéndose feliz y realizado al despertar. Con las técnicas adecuadas, pronto aprendió a lograrlo casi todas las noches. Las nuevas sensaciones fueron ganando terreno, y la droga quedó rezagada a un papel secundario.
Al poco tiempo la Clínica de Rehabilitación Barkley abrió sus puertas al público, con una filosofía más humana y comprensiva hacia el paciente:

deshacerse de drogas ya no implicaba el abandono del placer que éstas les proporcionaban. Sólo era cuestión de aprender a obtenerlo de otras maneras.

13.- El hogar de acogida en Togo

Siempre que Patrice visitaba Madrid, me comentaba, solía pernoctar en un hotel céntrico, cercano a las oficinas de la fundación Juntos por el Mundo, que era la organizadora del viaje hacia Lomé que estábamos próximos a emprender, había desarrollado afinidad con los dueños del hotel, que lo querían como a un hijo, le cuidaban las valijas que dejaba durante su ausencia y le hacían buenos descuentos. También me contó sobre Marina, una compañera suya de de fundación, que pronto me iba a presentar porque estaba metida en este asunto de Togo, y con la que al parecer tuvo un affaire en el pasado, Éramos buenos amigos, pero en una misión en Sudáfrica estuvimos tan juntos todo el tiempo que ambos confundimos nuestros sentimientos, y pasó algo más, lo que fue un gran error, porque enseguida nos arrepentimos de lo acontecido y a partir de allí nuestra amistad comenzó a decaer, y la confianza que teníamos se perdió. Fue una lástima, le traté de hablar varias veces, pero está ofendida conmigo y no quiere saber nada, ¿No será que ella sí estaba enamorada de vos?, le pregunté, No creo, al menos nunca me lo manifestó, aunque te confieso varias veces consideré esa posibilidad. Era extraño conversar con él en esos términos, y pude notar en mí una pizca de celos irracionales hacia aquella misteriosa mujer, y una mayor dosis de curiosidad al intentar adivinar la verdadera historia detrás de lo que Patrice no me estaba contando.

Mientras estacionábamos el auto en el garaje angosto y en segundo subsuelo del hotel, yo me inquietaba pensando si mi acompañante iría a pedir una o dos habitaciones; aunque fueran camas separadas, yo me sentiría muy incómoda compartiendo el cuarto con él y estaba dispuesta a aclararlo si era necesario, pero esperaba que no lo fuera, así no debería arrojar agua fría en una relación que venía desarrollándose tan positivamente. Por suerte Patrice no me defraudó: desde la protección de la puerta lo vi acercarse al mostrador negro laqueado y pedirle a los viejitos, entre risas y mientras les entregaba una botella de jerez que les había traído de regalo, dos cuartos contiguos, ahorrándome el mal momento.

Dejamos las valijas, me di una ducha y se cortó la luz mientras me estaba duchando, me sequé a oscuras con una toalla tamaño hormiga que para colmo era de tela, más que toalla parecía una servilleta, me recosté a descansar una horita y volví a encontrarme con Patrice, quería llevarme a dar una vuelta por Madrid, ya que yo no había estado nunca en la ciudad. Fuimos caminando como era lógico, ya habíamos pasado ocho horas manejando, me llevó a conocer la Puerta del Sol y la Plaza Mayor, pasamos frente al Palacio Real pero no pudimos entrar porque estaba cerrado para visitas porque justo había venido la reina, me llevó a la Puerta de Alcalá, y pasamos por una serie de teatros, monumentos y plazas que fotografié aunque ya no recuerdo el nombre, pasamos por una tienda en la que compré unos toritos de peluche para mis sobrinos y un abrigo de paño aterciopelado, muy moderno, que me pareció que le iba a encantar a Natalia, y terminamos cenando, exhaustos, en el museo del Jamón. Mientras se ensañaba en hacerme probar sus cayos a la madrileña, a lo cual no accedí de ningún modo, me preguntó por mis amores, más precisamente si tenía a alguien esperándome en Buenos Aires. Le dije que no había nadie, pero no quise explayarme, por más que se mostró bastante insistente y me pidió más detalles, su interés podía estar basado en segundas intenciones que, por mi lado, no eran correspondidas, aunque también en realidad, si damos una mirada más profunda a la cuestión, mi pasado amoroso es un tema del que no me gusta hablar con nadie, no vale la pena, porque no es más que una vasta colección de fracasos. Todavía no conseguí bajarme de la endemoniada calesita y por eso no puedo mirarla desde afuera y reírme de ella, pero estoy cerca, sé que estoy muy cerca.

(Definitivamente el tipo me desea a mí, es lo que pide a cambio de su
aprobación de los papeles de adopción. Te ofendés de tal manera que temo que
se agarren a piñas.
Me tomás del brazo y me sacás indignado del lugar.
Pero yo no me voy a dar por vencida así de fácil.
Por la tarde me escapo, y vuelvo al despacho. Estoy dispuesta a hacerlo.
Estoy dispuesta a todo.
Quiero que Nadege sea nuestra hija más que nada en el mundo.   )

Esa noche me quedé tan dormida que cuando me desperté a la
mañana siguiente ya se había pasado la hora de desayunar, Patrice me
acompañó a tomar un café en el Burger King, y luego ya nos fuimos
para la Fundación.

Allí conocí al resto de la brigada, seríamos once los aventureros
que emprenderíamos aquel viaje el próximo jueves, la mayoría jóvenes
más o menos de mi edad, que ya alguna vez habían encarado este tipo
de proyectos, yo era una de las pocas "primerizas". Había en el grupo
un matrimonio de mormones que llevaban la intención de expandir
su fe entre los africanos; un traductor —de raza negra—, que además
de español y francés hablaba éwé y kabiyé, los dos dialectos de Togo;
un periodista y un fotógrafo que venían de parte de la revista Pueblos,
con el fin de elaborar una nota sobre nuestro trabajo; y un ingeniero
hidráulico sesentón que tenía la idea fija de construir algún pozo de
agua, aunque ese no fuera el objetivo principal que nos convocaba.
Allí conocí a Marina, a quien había imaginado flaca y morocha, con
cara de española, de la onda de Penélope Cruz, pero resultó ser rubia,
bien robusta y bastante alta, me reía por dentro de imaginarla en la
cama con Patrice, ¡qué contraste! Pero ahora estaban muy distantes y
concentrados en la reunión —que sería la última previa al viaje— casi
sin intercambiar miradas entre ellos, nos explicaron todos los detalles,
qué llevar y qué no llevar en el equipaje, nos prepararon mentalmente
para lo que nos esperaría allí, mientras pasábamos de mano en mano
los álbumes de fotos de brigadas anteriores. Me estremecía al ver a esos
niños desnutridos de mirada triste ya no como en un documental ajeno,
sino como parte de la realidad del mundo, que se acercaba a ser también
la mía. Según íbamos interiorizándonos, nuestra tarea en el hogar de
acogida en el que nos quedaríamos sería prestarles los cuidados básicos
de alimentación, higiene y salud a las mujeres y niños más necesitados

de Lomé, mientras se los alfabetizaba y se los formaba para que lograran reinsertarse en la comunidad con mejores posibilidades de desarrollo. Me sentí cómoda en aquel grupo heterogéneo de personas unidas por un plan noble y original, tan alejado de las preocupaciones vulgares de la gente de la calle.

La mañana del jueves 28 de septiembre, nos reunimos en la puerta de la ONG, donde nos esperaba una combi que nos transportaría a Barajas. Siguiendo las instrucciones, vestíamos ropas muy frescas y cómodas, Marina nos acompañó hasta el momento del check in, pero no vino con nosotros; Patrice a cada paso verificaba que estuviéramos los once, como maestra jardinera contando a sus alumnos en una excursión escolar, todos juntos hicimos los tediosos trámites de aeropuerto, aunque yo debí hacer cola separada de migraciones, por ser la única que no contaba con el pasaporte bordó de la Comunidad Europea.

Una vez en el avión, me ubiqué del lado de la ventanilla, y Patrice se sentó a mi lado; me sentía halagada del papel preferencial que él, como jefe de la brigada, me otorgaba, a pesar de que la mayoría de los que estaban allí eran activistas en la Fundación desde hacía años y yo me había sumado recién. Cuando empezamos a carretear sentí el impulso de tomarle la mano como habíamos hecho con Clara, pero desde ya no lo hice, no había tanta confianza. ¡Otra vez esa velocidad frenética! Sudaba en frío y la presión en los oídos me estaba volviendo loca, doblamos y el ala me tapaba la visión, mejor así porque ver las casitas en miniatura me daba algo vértigo, ¿Pero por qué tanto vértigo si yo ya había superado pruebas mucho más difíciles y me estaba dirigiendo a encarar otras nuevas y de gran magnitud? Respiré lentamente razonando sobre esto, y me sentí más distendida de inmediato, con ganas de reír y sacarme el cinturón y bailar por los pasillos, ¡Soy otra Lina!, ¡Voy camino a África, a ayudar! En seguida llegamos a Paris, donde hicimos escala, y en la confitería de la zona de tránsito del Charles De Gaulle, nos pusimos a conversar con todo el grupo sobre las motivaciones que nos habían llevado a estar allí, y la verdad que estuvo muy emocionante. No pude evitar un pequeño cosquilleo nervioso durante el segundo despegue, pero enseguida retomé mi buen humor. En cuanto adquirimos altura tomé mi cuaderno floreado para disponerme a escribir. Patrice me preguntó de qué se trataba, así que comencé a contarle la historia de mi Héroe, y a leerle párrafos salteados, me dio algunas buenas sugerencias, que tuve muy en cuenta, y me animó a publicarlo en cuanto lo terminara, Yo tengo un buen amigo en Madrid, que es dueño de una editorial independiente, estoy seguro de que si se lo llevamos, él te lo transcribiría y lo publicaría, me dijo. Luego me quedé dormida y no me desperté hasta el momento del aterrizaje.

Ni bien descendí del avión, el aire caliente de Lomé me resultó tan sofocante que quedé como mareada, con náuseas y dolor de cabeza; tardamos dos horas para poder salir del aeropuerto, porque faltaban unas cajas con provisiones que habíamos despachado. No sé si sería el miedo, el calor o el mareo del avión, pero fui al baño y no pude evitar vomitar, ni siquiera había probado la comida de allí, y ya estaba sintiéndome terrible. Me mojé mucho la cara con agua fría, y me senté a esperar en una silla chueca hasta que al fin pudimos salir y subirnos a la camionetita contratada por la Fundación que nos trasladaría hasta el hogar de acogida, Para colmo, las caras que veía desde la ventanilla me asfixiaban más aún, me daban miedo; me sorprendí preguntándome cómo fue que la vida me llevó hasta una tierra tan inhóspita y extraña, tan lejos de mi gente y de mi mundo, quería irme corriendo, abandonarlo todo, volver a casa a ponerme a salvo cuanto antes. Con el corazón atolondrado, miraba por las ventanillas aquel mundo tan extraño, de colores y texturas tan distintas a las que yo conocía; me costaba caer en la cuenta de que ya no estaba viéndolo en fotos, o imaginándolo, sino que estaba allí de verdad, recorriendo la ciudad de punta a punta, por anchísimas avenidas poco transitadas, frente a un extravagante paisaje urbano de tupida vegetación y edificaciones cuadradas y espaciadas en tonos de naranja o blanco y terracota, tratando de asimilar la realidad de aquellas personas que comenzaba a descubrir, hermanas de aquellas a las que había venido a ayudar, de piel oscura contrastante con sus ropas coloridas y expresión anhelante e inquieta.

Cuando llegamos al hogar de acogida —que quedaba en un barrio de pescadores, en el extremo suroeste de la ciudad—, todavía estaba envuelta por esta hesitación, dudando si renunciar allí mismo y abordar el siguiente avión de regreso. El cálido recibimiento que nos ofrecieron los voluntarios de la brigada anterior, a los que veníamos a reemplazar y que pronto regresarían a sus hogares, me hizo sentir un poco más contenida.

Era un lugar decente y bien aseado, aunque sin mucho espacio, todas las mujeres nos acomodamos en un cuarto y los varones en otro, el nuestro tenía varias camas marineras y un ventilador de techo que giraba a su máxima potencia sin lograr disimular los treinta grados centígrados que harían a esa hora; mi cuerpo de a poco se fue adaptando a la pesadez del aire, y ya no me sentía tan mareada como al principio, aunque hubiese dado cualquier cosa por un aire acondicionado. Las personas que nos recibieron fueron muy amables con nosotros, nos habían preparado una merienda de bienvenida junto con los niños y mujeres del hogar, a quienes nos presentaron, uno a uno, por sus nombres.

Más tarde nos llevaron a dar una recorrida por el edificio: los baños, donde la gente acudía para ducharse, ya que en otros lugares les era imposible hacerlo sin pagar; los cuartos en los que algunos pernoctaban, iguales a los nuestros, pero con más camas y bolsas de dormir en el suelo; las modestas aulas donde los niños y sus madres aprendían a leer y a escribir; y el gran taller en el salón principal, rodeado de ventanas que dejaban pasar la luz del exterior en forma enceguecedora, con tres amplias mesas rectangulares donde las mujeres togolesas aprendían y ejercían oficios como corte y confección, tejido, bordado y cocina.

(*Me desviste, me toca, siento repugnancia, pero para algo Dios me ha dado una imaginación tan poderosa.*
Vuelo a tu lado en mi mente. El tipo se aclara, y se afina, hasta desaparecer.
Me está penetrando, pero ni siquiera me doy cuenta,
porque no estoy allí.   )

Luego me mostraron la pequeña enfermería que habían montado, con una camilla de madera, una balanza común de baño y un botiquín de primeros auxilios. Desde junio no los había visitado ningún profesional de la salud, así que los que estaban improvisaban los cuidados básicos como podían, Si necesitas algo para la enfermería nos avisas y vamos al centro a comprarlo, me dijo Patrice. La verdad era que se necesitaba de todo, comencé por encargarle algodones, vendas y jeringas, algunas vacunas, alcohol y agua oxigenada. Nos mostraron una carpeta negra, con una suerte de ficha médica de cada uno de los beneficiarios del proyecto: unas veinte mujeres y aproximadamente ochenta o noventa niños de entre cero y dieciséis años, huérfanos o hijos de las primeras.

Estuve mirando un rato aquellas anotaciones, tratando de descifrarlas, hasta que vino Olivia, una de las voluntarias permanentes, que vivía en Togo desde hacía cinco años —y junto con su marido Eusebio era la primera encargada de administrar aquel hogar—, a preguntarme si podía hacer pasar ahora a algunos pacientes, Salvo que estés muy cansada y prefirieras esperar hasta mañana, claro está. Yo ya estaba jugada, y dado que había llegado tan lejos sólo me quedaba arrojarme de una vez a lo que me había motivado, me daría al menos unos días para probar, y si realmente no me adaptaba siempre tendría la posibilidad de arrepentirme y volver, Está bien, ¡que pasen ahora!, exclamé, y a los pocos minutos ya se había armado una fila en el pasillo, me sentí algo nerviosa, ya que no era doctora, pero sabía que, a falta de un médico, lo que yo pudiera brindarles sería de gran utilidad. Decidí atender primero a los niños y, cuando terminara con ellos, a las madres; traté de manejarme con el francés que había aprendido en la escuela, pero cuando la comunicación se me hacía demasiado difícil, mandaba a llamar a David, el traductor, para que me ayudara.

El estado general de salud de aquellos chiquillos era más alarmante de lo que preveía: llegaban con heridas, mordeduras de bichos y micosis en la piel, algunos ardiendo de fiebre a causa de infecciones, estaban desnutridos y deshidratados a pesar de la comida que se les ofrecía en el hogar, con un peso que en general lejos de subir había disminuido desde la última medición —cuando la había—, y atrasadísimos en el calendario de vacunación. Pero lo más triste de todo era que varios de estos pequeños eran seropositivos. El nudo en mi estómago iba intensificándose cada vez que un nuevo niño atravesaba aquella puerta, algunos estaban muy enfermos y debilitados, otros tenían heridas provocadas por la violencia familiar, y muchos habían sido víctimas de brutales violaciones, desde muy corta edad. Necesitaba gritar, estallar en lágrimas, no podía creer tanta barbarie, me sentía tan impotente, sin siquiera los elementos mínimos para poder brindarles algún alivio, ya que no sería hasta el día siguiente que los muchachos irían al centro para comprar las provisiones. Llegó la hora de la cena y más de la mitad de los pacientes quedó sin atender, no me dio el tiempo, estaba exhausta. Luego de esta experiencia, armé una lista mucho más completa de lo que íbamos a necesitar: un medidor de tensión arterial, un par de termómetros, analgésicos, antibióticos de amplio espectro, distinto tipo de cremas dermatológicas, pañales descartables para los bebés, y muchas cosas más. Se la presenté a Patrice, quien me explicó que todo aquello excedía el presupuesto del que disponíamos, La Fundación se maneja con las donaciones que recibe, más un subsidio de la ONU, pero este dinero no es suficiente para la totalidad de las necesidades que debemos cubrir, que si te pones a pensar son muchas: el alimento diario para cien personas, el mantenimiento del edificio, los útiles escolares, los salarios del personal y el material de trabajo para el taller, Sí, Patrice, lo entiendo, pero estamos hablando de cosas elementales para la salud de los internos que es lo prioritario, ¿no te parece?, Bueno, hagamos así, no te preocupes, yo personalmente voy a colaborar para que podamos comprar lo que precisamos, Y yo también decidí aportar de mis ahorros.

Preparamos la cena para los chicos y sus mamás, que en turnos iban sentándose a las mismas grandes mesas que por la tarde funcionaban como taller, les servimos arroz con un trocito de pollo en cada plato, pan, y agua potable para beber. Todos los voluntarios colaboramos en una u otra tarea durante la cena, en el traslado de los alimentos, de la cocina hasta las mesas, asistiendo a los más chiquitos que no sabían comer solos, llenando los vasos, limpiando lo que se ensuciaba, y más tarde retirando las cosas de las mesas y lavando la voluminosa vajilla.

Recién bien entrada la noche, cuando las puertas del hogar ya estaban cerradas y los asilados ya se habían acomodado en sus habitaciones, nos sentamos nosotros —los voluntarios— a comer lo que quedaba de la olla de arroz, y a conversar sobre el intenso día que habíamos tenido.

Hacia la medianoche me fui a acostar, pero a pesar del cansancio me era imposible conciliar el sueño, no tanto por el calor y las moscas, ni por el hecho de estar compartiendo la habitación con personas desconocidas, sino por los penetrantes recuerdos de los niños a los que había atendido esa tarde en la enfermería, que no me dejaban en paz. La sensación de vacío en el estómago no me abandonaba, especialmente cuando pensaba en Koffi y Christelle, los dos chiquitos con sida, casi inmovilizados por un dolor absurdo que no llegan a comprender, mientras los familiares intentan aliviarlos con fetiches vudú, y desde el hogar resultaba tan poco lo que podíamos hacer por ellos con los escasos recursos de que disponíamos.

El día siguiente lo dediqué casi íntegramente a atender en la enfermería, por la mañana a los niños que me habían quedado pendientes, y por la tarde a sus madres, contando ya con los insumos médicos que me habían traído temprano de la farmacia. Nuestro hogar de acogida tomaba mujeres solteras y con hijos, que en general eran muy jóvenes y debían afrontar solas el desafío de dar sustento a sus pequeños en un estado de pobreza absoluta, en su mayoría víctimas de violencia física y sexual, y muchas de las cuales habían encontrado en la prostitución su único modo posible de supervivencia. Al examinarlas, pude ver que la mayoría tenía fuertes contracturas o lesiones en los hombros y en la espalda, según supe, a causa del trabajo que llevaban a cabo en el puerto, como transportadoras de cargas. Al parecer —aunque eso suene en el mundo moderno como un trabajo de hombres, o más aún, de máquinas, inadecuado para el delicado organismo femenino— era un trabajo popular entre las mujeres de Lomé, al menos entre las de la zona donde estábamos; les di calmantes para sus dolores musculares, y les coordiné sesiones de quinesiología que yo misma les proporcionaría a lo largo de las semanas siguientes. Por fin estaba dando alas libres a mi profesión, y llegué más allá de lo que había imaginado, acercándome —por necesidad— al límite de la medicina, curando heridas graves, vacunando, diagnosticando enfermedades, recetando medicamentos y terapias, y sobre todo brindándome a mis pacientes, con amor y muchas ganas de ayudarlos a superar sus padecimientos.

Poco a poco los niños del hogar me fueron conociendo, y no tardaron en encariñarse conmigo, me abrieron sus corazones de una forma tan alegre y sincera que quedé totalmente sorprendida, no esperaba algo así, sus ojos brillaban cuando me veían, siempre me buscaban, me sonreían, me traían regalitos. En las tardes de recreación, en las que nos reuníamos en el patio del hogar a practicar deportes o jugar a cosas como el quemado o el huevo podrido, se peleaban por estar en mi equipo o por sentarse a mi lado. Nunca fui una persona carismática, por el contrario, en general en mi vida tendí a huir de la gente, y la gente a huir de mí, pero esto era diferente, por primera vez me sentí en verdad querida y valorada por un grupo ajeno a mi propia familia, quise venir a Togo para dar, pero lo que terminé recibiendo de parte de esos niños superó la más ambiciosa de mis expectativas. Por ejemplo la pequeña Nadege, que no se separa de mí en todo el día, me trae flores y dibujos, me llena de besos y abrazos, me pide upa y le fascina que le cante canciones. Puedo darme cuenta del enorme afecto que ha depositado en mí, es huérfana, no tiene familia, se ha criado en el hogar desde que era casi un bebé, y yo lo único que hice por ella, en cuanto la conocí, fue llevarla al odontólogo. Cuando vino a verme el primer día, lloraba de dolor y tenía la boquita hinchada a causa de una infección en una de sus muelas de leche, enseguida averigüé por un buen odontólogo en el centro de Lomé y junto con Eusebio la llevamos para que le retiraran aquella muela. Eso fue todo, un acto tan sencillo y que cualquier persona en mi lugar también hubiese realizado sin vacilar, pero para Nadege fui como un ángel salvador, quizás porque su dolor se alivió a partir de la mañana en que vino a verme, o simplemente porque su corazón rebozaba de amor para dar y supo ver en mí un alma necesitada de dicho amor.

(Todo ha terminado.
Le exijo mi papel. Se hace el idiota. "¿Qué papel?"
No puede ser tan hijo de puta.
Desesperada, agarro un jarrón de bronce y lo amenazo con golpearle la cabeza.
Se ríe de mi impetuosidad. —Ok, Ok, sólo estaba bromeando -firma y pone
el sello—. No te pongas tan mal...)

Así el tiempo volaba entre las paredes de aquel hogar que era casa y hospital, escuela, comedor y taller, todo en un humilde cuadrilátero de techo bajo, de doscientos metros cuadrados y techo de chapa, cerca de la playa, en el límite en que termina la ciudad y todo se vuelve verde e indomable. Día tras día venían personas ajenas al hogar a pedir ayuda, tan pobres y desesperados como nuestros niños y mujeres, Olivia me explicó que podíamos darles atención de urgencia, algo de ropa, o un plato de comida, pero no tomarlos como nuevos beneficiarios, porque ya estábamos al límite de nuestra capacidad. A pesar de eso, siempre había una cierta flexibilidad, y siendo que el hogar se había inaugurado en el 2002 con el objetivo de acoger unas sesenta personas, ya prácticamente este número se había duplicado a causa de las excepciones que, una a una, iban ganando camino ante la frialdad del NO obligado.

Pero nada era suficiente, y la tensión crecía a medida que el hogar se convertía en una isla de privilegios en medio de la pobreza más rotunda y grotesca que lo circundaba; los vecinos se sentían excluidos y vivían esta situación como una gran injusticia, más de una vez alguno de nuestros niños llegaba amoretonado a causa de los crueles golpes propiciados por sus pares, ajenos a la institución, que descargaban en ellos la rabia de no poder formar parte del hogar. No tenía caso alguno intentar explicarles que los recursos eran limitados y que, si se repartían entre todos, lo que le quedaría a cada uno sería simplemente NADA, ¡si ellos estaban a duras penas manteniéndose a flote entre la inanición, la violencia y la ignorancia, mientras veían como a sus semejantes el hogar le proporcionaba alimento, cobijo, educación y cuidados en forma gratuita y desinteresada!

Llegó el momento en que, como ya había pasado una vez en el 2004, la ira popular acumulada estalló; una tarde, cientos de personas enfurecidas irrumpieron en el hogar y arrasaron enloquecidos con todo, en medio de un bullicio y una confusión indescriptibles, golpeando y rompiendo lo que hubiera en su camino, robándose hasta las paredes. Algunos tenían palos y estaban dispuestos a matar con ellos a quien se interpusiera en su camino; yo estaba en la enfermería, atendiendo a una nenita, cuando escuché el alboroto me estremecí hasta las entrañas, no sabía qué era lo que estaba pasando, pero presentía que podía ser algo muy malo. Me asomé a la puerta, petrificada por aquel enjambre de brazos y cabezas oscuras, gritando, atropellando, destrozando indiscriminadamente, y me poseyó un terror antiguo, tal vez fundado en recuerdos inconscientes de las más terribles escenas de guerra sufridas en vidas pasadas, de mi unidad con otras almas, o de evocaciones de futuro, del fin del mundo, porque en esta vida no había experimentado nada semejante. Me desesperaba no saber qué hacer, ellos eran demasiados y salir a combatir habría sido suicida, pero tampoco podía quedarme de brazos cruzados, como testigo inmóvil de aquella hecatombe, por eso me limité a asomarme con sigilo a la puerta, y, en arriesgadas corridas, rescatar a algunos de nuestros niños de entre medio del sofocante maremoto humano y ponerlos a salvo en la enfermería, que cerrábamos con traba luego de cada viaje. Ya había cinco chicos adentro cuando volví a salir, tenía que encontrar a Nadege, me obsesionaba no haberla visto en medio del descontrol, y yo bien sabía que ella estaba allí, en la escuelita, cuando todo empezó. Me pareció divisar entre el tumulto su vestido azul, al otro lado de la sala, y para intentar alcanzarla me atreví a abandonar la seguridad de la pared de cuyos ladrillos rasposos debía aferrarme para no ser arrastrada, no soportaba pensar que ella estaría temblando y llorando, preguntándose dónde estaba yo, y por qué no llegaba para protegerla. Di unos pocos pasos y la multitud iracunda me envolvió, me empujó salvajemente, y caí de rodillas al piso, donde piernas anónimas me pisaron, me patearon, no me permitían ponerme de pie; estaba herida y asfixiada, al ras del suelo embarrado por las pisoteadas y cada vez que intentaba levantarme alguien que pasaba corriendo me volvía a tirar sin darse cuenta siquiera de mi presencia, enceguecidos en el fulgor de robar cada objeto que veían. No sé de dónde saqué las fuerzas para emerger, pero en esa instancia comprobé que el efecto energizante de la adrenalina en circunstancias extremas no es un mero cuento chino de los cientificistas. Me abrí camino como pude hasta la pared, luchando contra la corriente que me arrastraba hacia el lado del taller, donde la muchedumbre estaba yendo ahora a saquear los materiales, las carteras y billeteras fruto de días de trabajo de las mujeres del hogar en la clase de puericultura. En cualquier momento podía volver a caer y eso me aterrorizaba, pero de entre el tumulto surgió una mano blanca y huesuda que se aferró a mi brazo, me tironeó con fraternal potencia y me apretujó contra la pared. Patrice me cubrió con su cuerpo, formando un escudo entre la ola humana y mi piel ensangrentada; me preguntó qué diablos hacía yo allí perdida en medio del desastre, en vez de haberme puesto a salvo en algún lugar seguro, como los demás voluntarios, pero yo no podía hablar, no sólo porque mi respiración atolondrada no me permitiría sacar las palabras al exterior, la confusión mental y el miedo no me dejaban siquiera procesarlas. Con la mirada quise expresarle a Patrice mi agradecimiento por su invaluable presencia, si bien él no era un hombre fornido, alto, ni musculoso, su abrazo firme me colmaba de seguridad y mi corazón poco a poco iba retornando a un latir realista. Aunque sin llegar a sobreponerme de la mudez, le expresé gestualmente que intentáramos avanzar juntos hasta la enfermería, donde golpeé la puerta a los chicos con nuestro código secreto —tres golpes cortos, una pausa, dos largos— me abrieron, entramos y enseguida cerramos de nuevo con la traba, permaneciendo allí hasta que el bullicio se apaciguó.

Cuando nos aseguramos de que todo había pasado, temerosos, salimos a afrontar el desconsuelo de aquel espacio devastado, aún cargado de la energía fulgurosa de los atacantes retirados, como las ruinas de Roma luego de la invasión de los bárbaros. Ya el gentío se había ido, sólo quedábamos los voluntarios y algunos de los beneficiarios del hogar, en su mayoría lastimados; espontáneamente fuimos confluyendo en el taller, donde lo único que quedaba eran las tres grandes mesas de madera, aunque a una, ante la rabia de no poder llevársela, la habían molido a golpes. Llegaron desde los cuartos, desde las aulas, cuando vi a Nadege, ilesa, experimenté un sensación de alivio que me remitió a los momentos vividos con las idas y vueltas de la enfermedad de mi hermana Clara, la alcé con gran emoción y la llené de besos, calmando mis nervios con una catarata de lágrimas comprimidas que venía aguardando esa abertura para poder proyectarse. Todos estábamos sobrecogidos, abrumados por el destrozo, sin saber cómo reponernos emocionalmente de aquella traumática experiencia; ambiente por ambiente relevamos los daños, que eran inconmensurables: de la cocina habían robado todo en absoluto, desde la primera fruta en la heladera hasta la última cucharita; nada quedaba de los cuartos, el taller, la huerta, las aulas... Tan sólo se habían salvado las habitaciones de los voluntarios —que eran las únicas que tenían rejas en las ventanas y llave en la entrada—, un aula en la que cinco voluntarios y treinta chicos se encargaron de mantener la puerta cerrada a presión, y la enfermería, que por milagro tenía una traba que funcionaba bien. No nos habían dejado ni siquiera vasos para tomar el agua que necesitábamos para superar el estupor; me fui a uno de los baños, me lavé la cara y bebí de la canilla, y cuando comprobé que ya había recuperado el habla, fui directo a la enfermería, donde empecé a limpiar y vendar las heridas de los damnificados. Era un prodigio el hecho de que el episodio, por fortuna, no hubiera dejado como saldo ningún muerto. Salvo los que dormían en el hogar, y los que tenían lesiones urgentes que atender, les pedimos a los demás que se retiraran temprano, necesitábamos tranquilidad luego de tanto desquicio. Como es lógico esa noche nadie cenó, no había comida, ni utensilios con qué comerla; luego de limpiar, con agua y algodón —ya que se habían robado los trapos—, el barro y la sangre de los pisos y paredes, y barrer los escombros, nos reunimos a conversar sobre el camino a seguir. Esa noche, y en los siguientes días, el clima de cordialidad, apoyo y empatía que venía viviéndose en la brigada y que era uno de los aspectos más positivos de la experiencia en Togo, se evaporó como por un hechizo maléfico. Sería que el estruendo de la invasión, aunque las tropas ya se hubieran retirado, seguía resonando en el interior de cada uno de nosotros, y sus ecos despertaban la violencia innata hasta entonces contenida; la hostilidad floreció en la brigada ante la impotencia de haber perdido casi todo cuanto teníamos. Las miradas acusadoras recayeron más que nada sobre el vasco Markel Haedo, quien había estado a cargo de la puerta de entrada desde el lunes; ese puesto lo solían ocupar, con responsabilidad y entusiasmo, Eusebio y Olivia, quienes contaban con una buena reputación entre los vecinos porque siempre, hasta con lo que no tenían, hacían lo imposible por darle una mano a cualquiera que se acercara a solicitarla. Pero el vasco había tenido una política más cerrada, y, escudado en que no entendía el idioma, los hacía irse como llegaban, Si no, no nos queda nada para los miembros del hogar, y en vez de ayudar bastante a unos pocos, ayudamos un poquito apenas a unos cuantos y todo queda perdido en la nada, disperso, sin poder marcar una diferencia en nadie, sostenía; su esposa Aitana lo apoyaba. Ninguno de nosotros dijo demasiado en el momento, yo ni siquiera estaba al tanto de este cambio en la atención a los vecinos, pero cuando la indiferencia detonó al fin la carga explosiva de miseria, ignorancia, hambre, sufrimiento y envidia que venían alimentando, el matrimonio Haedo pasó de un instante a otro a convertirse en el villano de la historia. Cada uno descargaba en ellos su frustración de estar perdidos en un continente extraño, en medio de un hogar de acogida en el que ya no tenían recursos ni para acogerse a ellos mismos, luego de haber pasado un susto incomparable durante la estampida. Y otras oscuras acusaciones fueron también aflorando, una a una, entre los miembros de aquel grupo humano antes admirable por su cohesión; cada uno, incluyéndome, criticaba enfurecido a quienes consideraba que ayudaban menos que los demás, que se iban en las partes difíciles, o que estaban más interesados en sus fines egoístas que en el proyecto en sí. Los mormones debieron escuchar a los demás diciendo que sólo les interesaba evangelizar, lo cual nadie les había pedido y estaba fuera de los objetivos de la organización; el ingeniero fue atacado psicológicamente por tener la idea fija de su estúpido pozo de agua, siendo que —en el hogar por lo menos— era lo único que no faltaba; y a mí me hicieron llorar, acusándome de refugiarme en la enfermería aún cuando no era necesario, para no hacerme cargo de las demás tareas, jugando a la doctora cuando en verdad no lo era. Todos dijimos más de lo que pensábamos, y la situación se crispó más aún cuando surgió el tema del dinero para recuperarnos de la debacle; la Fundación se pondría en campaña para recaudar fondos para reequipar el hogar, pero, mientras tanto, lo que nosotros pudiéramos aportar sería de gran ayuda. Íbamos a crear, con aportes voluntarios, un pozo común para reabastecernos y volver a dar vida al hogar devastado. Patrice y el ingeniero abrieron la apuesta con valores que nadie más podía igualar o siquiera acercarse a ellas; yo ofrecí lo poco que quedaba de mis ahorros; los demás, sumas que iban desde cero hasta unos cientos de euros. Aunque nadie emitía ningún juicio, parecía que la comunidad juzgaba a cada uno por lo que aportaba, teníamos una asfixiante paranoia sobre la imagen que tendrían de nosotros por ello.

La inflamación de nuestros estados de ánimo sólo logró apaciguarse a la fuerza cuando Markel y Aitana Haedo nos anunciaron que se irían: estaban hartos de tanta hostilidad, del clima patético que nos plantaba ante la vida como un grupo de enemigos; ellos habían viajado para hacer solidaridad, para estar frente al lado luminoso del ser humano y no ante tanta bajeza y debilidad; ahora, ante un imponderable, esa esencia se había prostituido y ellos no tenían nada que hacer en medio de la decadencia, apesadumbrados, decepcionados, abandonarían el proyecto lo antes posible. Sorprendidos por la decisión, y más aún por la fuerza y dignidad de sus palabras, intentamos convencerlos de que no lo hicieran, de que nos dieran una oportunidad, pero fue en vano, al día siguiente abordaron el avión, dejándonos solos con el sentimiento de culpa, fracaso y dolor, y a la vez abriendo la puerta de la reconstrucción de nuestros lazos.

Tras el abandono de los vascos sobrevinieron los arrepentimientos, los efusivos pedidos de disculpas, la reconciliación, el perdón; de a poco fuimos pegando los trozos de aquel grupo ejemplar que habíamos sido, pero la vasija enmendada quedó irremediablemente rajada. El dinero recolectado se esfumó a gran velocidad entre muebles básicos, colchones, ropa, rejas en las ventanas para reforzar la seguridad del hogar y evitar que el ataque se repitiera, algunos utensilios de cocina y de limpieza, comida, y materiales básicos para la escuelita y el taller —en el que nuestras mujeres retomaban sus tareas de bordar y coser—. Ese pretendía ser el medio para que pudieran dejar de cargar bolsas pesadas en el puerto, o peor aún, de entregar su cuerpo a la voluntad de extraños por unas migajas, pero una tarde, al verlas trabajar, me surgió una idea, que me estuvo rondando la cabeza durante horas hasta que cuando, como de costumbre nos reunimos los voluntarios a cenar, les planteé mi propuesta, Estuve pensando, no se qué les parecerá, que además de las cosas que les están enseñando en el taller, que me parecen muy útiles y adecuadas, estaría buenísimo enseñarles también arte, pintura, escultura, a esas cosas me refiero, yo conozco muchas técnicas, incluso con mi hermana teníamos un puesto de artesanías en la Plaza del Pi, en Barcelona, me encantaría enseñarles, y luego las obras podemos intentar venderlas en Europa, ¿qué les parece? El clima del voluntariado estaba esforzándose por retomar su cariz abierto y amigable, por eso desde un principio supe que mi iniciativa tendría buena acogida, aunque lo que faltaban eran los recursos para poder comprar los materiales. Yo me había quedado casi sin nada, y me daba vergüenza pedirles apoyo económico a mis padres para esto, ya bastante habían hecho por mí al darme un trabajo bien remunerado en la Clínica de Ojos, mientras me permitían quedarme en casa sin aportar nada en concepto de comida, impuestos, servicios o ningún otro concepto. Había podido ahorrar, gracias a eso, y ahora aquel dinero se había evaporado en mi afán solidario; a los veintiséis años no tenía derecho a acudir a ellos por más, pero en verdad deseaba tener más fondos para poder ayudar al hogar a parecerse aunque fuera un poco a lo que era antes del saqueo. Estaba muy involucrada con la causa y no quería dejarlos en banda, por eso pensé en mi hermano Martín, Para lo que sea que necesites, no dudes en acudir a mí; me había insistido antes de nuestra última despedida, por eso vencí mis consideraciones y lo llamé a Lugano para pedirle, a modo de préstamo, unos tres mil euros que algún día me ingeniaría en reintegrarle. Mi hermano se alegró mucho de saber de mí, y sin hacer preguntas me dijo que me los enviaría ya mismo, que se los devolviera sin apuro, cuando pudiera.

A la mañana siguiente Olivia me acompañó a retirar los fondos del Western Union en la Caisse d'Epargne du Togo, desde donde nos dirigimos directo a comprar cientos de cosas que hacían falta en el hogar, entre ellas, en una librería céntrica, los elementos para mi proyecto artístico: pinceles, telas y pinturas, en tonos de ocre, amarillos, terracota, chocolate y verde musgo; seleccionamos materiales que pudieran contribuir a dar un aspecto afro a las futuras obras de arte. Por la tarde, distribuimos todo en las mesas, vino David a traducir al éwé mis lecciones, que comencé a dejar fluir, como surgieran: pátinas, decoupage, craquelado, pincelada americana, las muchachas devoraban con avidez los nuevos conocimientos, como si el arte contenido en sus venas estuviera esperando desde siempre la ocasión de manifestarse, y pronto los colores y las telas empezaron a fusionarse, en formas inesperadas, irracionales, totalmente alejadas de la técnica convencional o de los conceptos conocidos, ellas no estaban influenciadas por nuestra cultura, tenían otra manera de experimentar el arte, otras pasiones que reflejar. Eran unas artistas prometedoras; me acordaba de la señora Weissenmaier y su casa de arte, ¿A cuánto podrían venderse allí esas pinturas tan originales y exóticas?, eso le comenté a Patrice, quien sugirió que fotografiáramos las clases, para mostrarle a Helena y a sus clientes el verdadero origen de aquellos cuadros. Él y el fotógrafo de Pueblos estuvieron presentes en la segunda clase, donde fueron surgiendo unos cuadros más hermosos y llenos de vida aún que los primeros, en medio del calor sofocante de aquel salón y de los flashes de la cámara profesional. Yo me sentía exaltadísima con los resultados, notaba que aquellas mujeres estaban alegres de poder expresarse en libertad a través de los colores, los barnices y betunes, las maderas y trapos abollados, ellas no estaban hechas para transportar cargas en un puerto, pero tampoco para bordar o cocinar: ¡eran unas verdaderas artistas en potencia!, y yo las estaba ayudando a descubrirlo, sudada, bajo el ventilador de techo, feliz conmigo misma y con lo que estaba logrando. El día era tan caluroso que yo había procurado utilizar la mínima ropa posible, un solerito corto de tela liviana era mi única vestimenta, y me sentía libre y ligera con él, y también me sentía sexy y sabía que Patrice me estaba mirando.

Al inclinarme para enseñarle a una de mis discípulas un tipo de pincelada, uno de mis breteles rodó naturalmente sobre mi hombro, y fue allí que descubrí los ojos de Patrice deslizándose por mi escote, fue una mirada lasciva, colmada de deseo, pude sentirlo, y un escalofrío me recorrió de pies a cabeza, me subí el bretel con suavidad, intentando disimular que la había interceptado, y sobre todo intentando disimular la secreta excitación a la que me estaba sometiendo. Patrice era mi amigo, nada más, pensar en otra cosa podría arruinarlo todo; si yo sucumbía ante los espejismos del deseo, seguramente el sueño acabaría pronto, igual que con las otras parejas que había tenido en mi vida, o igual que lo que a él le pasó con Marina ¿y luego qué?, ¿cómo continuaría nuestra relación luego de haber roto ciertas barreras?, ya no podríamos mirarnos a los ojos, nos alejaríamos y nos perderíamos para siempre, en cambio la amistad podía perdurar, por los años y los años, y sería una hermosa amistad, como la que nunca había tenido con ningún varón, no podía ser tan estúpida de dejar que el sexo se entrometiera en mi camino y echara por la borda lo que podía ser una relación pura y duradera. Esa mirada no existió, me convencí, Patrice es como un hermano para mí, y fui llevando las pinturas a secar, y los pinceles y platitos a lavar, porque pronto sería hora de preparar la merienda; esa tarde había recreación, pero yo no tuve ganas de ir, por una vez quise dedicarme un tiempo a mí misma, a reflexionar, a descansar, lo tenía merecido, así que después de le merienda tomé mi bolsito y me fui sola a caminar, y luego de recorrer unas cuadras llegué hasta la playa. La había visto ya varias veces, pero nunca me había sumergido en ella, nunca la había vivido; era una playa anchísima y hermosa, como ninguna otra que hubiera conocido antes, el mar, de un azul profundo y transparente, y el movimiento de las olas, hipnotizante. Había algunos botes y muy pocas personas a mi alrededor, me recosté en la arena, a mirar el cielo infinito y entregarme a mis pensamientos, el calor había amainado un poco, pero el sol seguía fuerte, así que decidí aplicarme otra capa de protector, para no lamentarme después, y entonces pude ver, en el fondo de mi bolso, a mi Héroe de tinta encerrado entre dos tapas floreadas, reclamándome silenciosamente el haberlo abandonado durante tanto tiempo. Desde el viaje en avión no había tenido ocasión de verlo, ni siquiera de pensar en él, había pasado todos estos días inmersa en una vida intensa, colmada de acción, que acaso no hubiera sido posible de no ser por él. Ceremoniosamente, tomé el cuaderno entre mis manos y comencé a releer la historia, desde la primera página, haciendo cada tanto correcciones o agregados que me venían a la mente, para, luego de terminar la lectura, continuar escribiendo, entusiasmada, hoja tras hoja, hasta el fin. En pleno atardecer de aquel veintiséis de octubre de 2006, entre las doradas arenas de la playa de Lomé, en Togo, llegó sin previo anuncio el orgulloso punto final de mi novela; temblorosa, levanté la vista y alcancé a apreciar cómo el sol, enorme y rojizo, se las ingeniaba para ocultar su grandeza detrás del horizonte en menos de un minuto, trasmitiéndome en forma vivencial un simbolismo tan fuerte que penetré en un estado emotivo único e irrepetible: lloraba y reía al mismo tiempo, despojada de cualquier represión. Por primera vez en la vida pude sentir que había logrado culminar algo, un proyecto íntegramente mío, como fue la escritura de ese libro; lejos quedó aquella Lina de los planes inconclusos, de la vida ilusoria e infantil. Me sentía orgullosa de mi libro, desde su primera palabra hasta la última, mis carcajadas eufóricas se confundían con mi llanto, una nueva Lina había nacido, las cosas ya nunca serían como antes.

Mi Héroe reflejaba la transformación que pude lograr, era un libro auténtico, surgido desde el corazón; en un principio, él fue lo que yo no era, lo que añoraba como ideal imposible, él fue yang cuando yo era yin, fue el día cuando yo era la noche, la acción cuando yo era la pasión, pero de a poco las distancias entre ambos se fueron acortando, me fui integrando a él, me fui acercando a su modelo, y hoy no estaba perdida en el Planeta Lina, vegetando en mi altillo, ni en la Clínica de Ojos soñando con un hombre casado al que nunca me acercaría, estaba en África, en medio de un ajetreado viaje solidario, terminando un libro que proyecté, creé, y que colmaba mis propias expectativas, y que pronto, incluso, intentaría publicar.

(　　　Como confesarte, amor, lo que hice.
Tengo en mis manos el documento que nos convierte en los padres adoptivos de
Nadege, pero temo mostrártelo.
Sabrás cómo lo obtuve. Te dolerá.
No me lo perdonarás así de fácil.
Me preguntás qué te estoy ocultando, ya me conocés tan bien que no puedo
engañarte…
Trago saliva y te lo digo.
Llorás y tu angustia me duele en el pecho.
No quería hacerte daño.　　　)

La brigada que había venido conmigo en pocos días emprendería su regreso a España, pero yo preferí quedarme, Patrice iría con ellos a acompañarlos, pasaría por Lugano a visitar a su familia y amigos, se quedaría unos días en Madrid y luego regresaría con los nuevos voluntarios, que según nos habían informado, esta vez serían sólo cuatro, ¿Por qué no vienes conmigo y regresamos juntos?, me había propuesto, y la idea me resultó tentadora, podría visitar a mi hermano y también darme una vuelta por Zaragoza para ver a Clara y a mis padres, pero por más que lo quisiera, no podía dejar solos, a cargo del hogar durante tantos días, a Olivia y Eusebio, No te preocupes por ellos, Linette, están acostumbrados a quedarse solos, no será la primera vez, además, ten en cuenta que voy a viajar con Elom, conocer Europa va a ser una experiencia única para él, y sé que te gustaría acompañarlo, y para él tu compañía sería muy significativa, siéntete libre de decidir lo que prefieras de verdad, sin presiones, lo que decidas estará bien. Yo era profundamente libre pero los niños me necesitaban, estaba Nadege, las mujeres del hogar también, nunca me sentí tan indispensable, y eso era algo que debía honrar, Me quedo, Patrice, en serio, eso es lo que prefiero, lo único que quiero pedirte es que te lleves mi libro, me gustaría que lo vea tu amigo editor. Además, Patrice empacó algunas de las mejores obras surgidas de nuestro taller, las llevaría a la señora Weissenmaier, y si ella no las tomaba, recorrería otras casas de arte y de subastas llevando las fotos que nuestro fotógrafo había ya revelado y enmarcado para acompañar la colección.

Me despedí de mis compañeros de brigada, no sin antes intercambiar nuestros teléfonos y direcciones de email, la conexión que tuvimos en el mes que pasamos juntos fue poderosa y eso es algo que nunca se olvida, hubo algunas lágrimas, aunque sentíamos que tarde o temprano nos volveríamos a ver. Varias de las mujeres y niños del hogar habían venido con nosotros al aeropuerto, a despedir al pequeño Elom, de once años, quien también tomaría ese vuelo para conocer un mundo totalmente nuevo, Patrice lo había invitado a acompañarlo, su madre firmó la autorización, y allí estaba él, rebosando de alegría y emoción, abrazándose con sus amigos y familiares, preparándose para una aventura inesperada que podría cambiar su vida.

Los saludos parecían eternos, ya los habían llamado varias veces a embarcar, pero siempre quedaba un abrazo que dar, una palabra que decir: Patrice me aseguró que llevaba mi libro y los cuadros, que iba a hacer todo lo posible para darles un buen destino, y que no tardaría mucho en regresar, Te voy a extrañar, le pude decir, tironeada entre la timidez de expresarle mi afecto y el temor a estar allí sin él durante algunos días; ya todos se habían adelantado y saludaban a lo lejos, y él se volvió especialmente hasta mí, para darme un último beso de despedida, pero este beso fue distinto de los demás, y sin ninguna duda puedo asegurar que no fue imaginación mía, ese beso fue diferente porque Patrice atinó a dármelo en la boca. Instintivamente corrí la cara para que el beso cayera en la mejilla, y a pesar de eso logró rozar la comisura de mis labios, fue una cuestión de segundos, no pude reflexionar, me quedé atónita, callada, con mis dedos en la zona de contacto, Patrice retrocedió unos pasos, me sonrió a medias, bajó la mirada, tal vez avergonzado o tal vez dolido de mi indeliberado rechazo, y me hizo un ademán de adiós con la mano; luego dio media vuelta y se alejó a paso rápido, los demás ya habían pasado al otro lado de la puerta.

14.- El héroe

La conferencia de Johnny Barkley sobre su programa ASCADP, en el auditorio Harold M Proshansky de la ciudad de Nueva York, había sido todo un éxito, y, a la salida, Gilverto y él caminaron por la Fifth Avenue, hasta llegar a la intersección con la 34th Street. En aquella importante esquina relucía un local de comida rápida, amplio y bien decorado, que ostentaba un logotipo que les resultaba muy familiar: era una de las franquicias de Barkley's en la Gran Manzana, que por primera vez tenían el agrado de conocer personalmente. La tipografía en los carteles promocionales conservaba el mismo estilo retro del local original de Miami. Como todos los franquiciantes, respetaban el menú clásico con las mismas recetas secretas que Tom y Constanza habían desarrollado con amor y dedicación, y por supuesto no faltaba el toque distintivo: la cartelera de corcho, recubiertas en todas las paredes por los cientos de mensajes que los clientes escribían y dejaban día a día.

Gilverto y Johnny entraron al local y se sentaron en cualquier mesa. Una jovencita muy simpática los fue a atender, sin tener idea que ellos eran los socios fundadores de aquella pujante cadena. Pidieron unas chocolatadas con galletas caseras, impresionantemente similares a las que Constanza les preparaba, mientras compartían un diálogo sincero y profundo sobre todo lo vivido en los últimos años. Johnny se atrevió a confiarle aquello que sentía como una angustiante materia pendiente en su vida: el amor.

Ya tenía veintisiete años, y muchos de sus amigos, con su misma edad, ya habían logrado cimentar parejas estables o incluso familias, mientras que él estaba solo. Luego de Jessica había conocido otras mujeres, pero todas esas relaciones, por un motivo u otro, estaban condenadas al fracaso. Gilverto conocía de esto y estaba bien posicionado para darle consejo, porque recién había conocido a su esposa bien entrada la treintena; ahora tenía una relación simbiótica y amorosa con ella, y también una hijita preciosa llamada Nicole.

Johnny soñaba con encontrar una mujer bella e inteligente que compartiera sus intereses, su misma filosofía de vida, su misma fuerza para el cambio. Que valorara las cosas que él valoraba y despreciara lo que él despreciaba. Que supiera reírse, llorar y amar sin ataduras. Que creyera que todo es posible, y que hay mucho poder y responsabilidad sobre el futuro en nuestras manos. En algún lugar del mundo tenía que estar su media naranja esperándolo, y él ya estaba preparado emocionalmente para encontrarla. En esa charla se convenció de que debía estar más atento que nunca a las señales del universo. Tal vez un sueño, un presentimiento, un acto fallido o una casualidad le dieran alguna pista sobre el camino a seguir para encontrar el amor. Decidió estar despierto a ellas, escucharlas, seguirlas, cobijarse entre sus alas. Todo aquél día había sido muy significativo para él. Desde la audición, que sellaba una etapa de su vida, hasta esa conversación tan auténtica que sostuvo con Gilverto, su mayor compañero de lucha en esta vida, mientras disfrutaban del "menú merienda 1" en la suntuosa sucursal de Barkley's en Nueva York.

El tiempo transcurrió veloz y no se dieron cuenta de lo tarde que se había hecho. Cuando se acordaron de mirar el reloj, debieron interrumpir la grata velada para procurar conseguir lo antes posible un taxi que los alcanzara al aeropuerto. Su vuelo a Miami partiría en una hora y el tiempo los apremiaba. La suerte estuvo de su lado, y llegaron bien, aunque debieron hacer los trámites a las apuradas y quedaron detrás de todo en la fila para embarcar.

Restaban unos minutos para que abrieran la puerta, y Johnny quiso ir de una corrida al kiosco para comprar el indispensable paquetito de goma de mascar, que siempre procuraba tener a mano en los aviones porque le ayudaba a sobrellevar el malestar de los oídos. Debió caminar unos metros hasta conseguirlos, y a su regreso, tras verificar que la puerta seguía cerrada y Gilverto firme en su puesto de la fila, se detuvo a mirar unos libros que se vendían allí cerca a ver si conseguía algo interesante para leer en el viaje.

Fue directo a un estante que exponía material en castellano. Le reconfortaba leer cada tanto en su lengua materna, y hubo un libro en particular que le llamó la atención.

Se trataba de un ejemplar de bolsillo, con la imagen de un muchacho parecido a él en la tapa, que, en estilizadas letras negras con reborde plateado, rezaba su título: El héroe. *Por lo que pudo ver velozmente en la contraportada, el tema le resultaba muy interesante y ajustado a sus preocupaciones del momento. No era para nada largo, tenía la extensión ideal para ser leído en las tres horas que duraría su trayecto hasta Miami, y el precio era de nueve dólares; justo lo que llevaba en la mano, como vuelto de su anterior adquisición en el kiosco.*

Así fue como, en forma expedita y decidida, Johnny compró aquel libro y —sin esperar siquiera a que la vendedora le facilitara la bolsa y la boleta— corrió unos pasos llevándolo en la mano, para unirse a su tío en la fila que ya había comenzado a avanzar hacia el abordaje del avión. Ni bien se hubo sentado en su butaca, tras acomodarse, abrocharse el cinturón de seguridad, y abrir su paquetito de goma de mascar, le preguntó a Gilverto si no le molestaba que se pusiera a leer un rato el libro que se compró, y así dio comienzo a su lectura que lo apasionó de principio a fin.

Cuanto más avanzaba, más le envolvía la extraña sensación de que cada palabra había sido elegida pensando en él. Aquel muchacho, el protagonista de la historia, no sólo se le parecía en el aspecto físico: su personalidad, su forma de ver el mundo, su evolución, todo le resultaba desesperantemente familiar. Había demasiados paralelismos entre su propia vida y la del Héroe. Hasta las cosas más banales como nombres, descripciones de lugares, números y fechas, conllevaban similitudes llenas de significado para él. Tan compenetrado estaba en el trance casi místico de su lectura, que ni siquiera notó los pozos de aire que habían dejado pálidos a varios de sus compañeros de vuelo.

Ese libro estaba colmado de señales, las mismas señales que él se había predispuesto especialmente a perseguir para encontrar el amor. Todo aquello no podía ser casual. Algo le estaba diciendo, y el corazón le palpitaba con frenesí intentando descifrar el mensaje escondido. Especial inquietud le despertaba la autora: era una novel escritora argentina, de su misma edad, y muy bella según pudo ver en la foto de la solapa. Johnny sintió que entre ambos había una poderosa conexión. El héroe *movió muchas fibras en su interior; quien lo había creado, sin duda alguna, vibraba en la misma sintonía que él.*

Llegó a Miami enajenado, abstraído entre las escenas de aquella historia y las especulaciones sobre la bella ninfa de piel rosada y ojos grandes que la había creado, en algún rincón remoto del mundo. Trataba de imaginar la vida de aquella joven, las circunstancias que pudieron llevarla a concebir un héroe como ese, tan estrechamente ligado con su propia realidad. Se sentía honrado por el papel que ella le daba a sus virtudes, y en extremo atraído por la sensibilidad que descubría detrás de los párrafos más sublimes de la obra. Tal vez ella hubiera percibido en forma remota y misteriosa sus más secretos sentimientos, temores y emociones.

En el irresistible impulso de saber más sobre ella, lo primero que hizo al llegar a su casa fue conectarse a Internet, en busca de alguna información que le ayudara a saciar su inquietud.

Le fue un poco difícil llegar hasta ella, ya que la combinación de su nombre y apellido era bastante común, pero al fin, a partir de la página de la editorial, pudo llegar hasta un listado muy especial que la mencionaba: en el sitio de una ONG, palpitaba su nombre entre la lista de voluntarios de una brigada comunitaria en África.

Johnny se quedó impactado ante la revelación. El corazón dentro del pecho le redoblaba como un tambor. ¡Esa mujer era demasiado especial para él! No sólo lo que leyó en su libro los conectaba, también su filosofía de vida real y concreta: ella había llegado más allá de lo que la gente normalmente hace. Había recorrido miles de kilómetros y estaba dedicando su tiempo y sus energías para ayudar, para aportar su granito de arena por un mundo mejor. En ese mismo momento estaría regalándole una sonrisa a un niño triste desolado por la escasez; enseñando un oficio a mujeres para procurarles un futuro más digno, o curándoles una herida sangrante —según pudo investigar además de escritora era enfermera—. Johnny tenía una gran sensibilidad social. Siempre había querido hacer algo por los más necesitados, pero aún no encontraba la mejor manera de canalizarlo. Una nueva llama se había encendido en su interior, y Johnny sabía que cuando esto sucedía, jamás se detenía hasta apagarla. Tenía frente a él, en la pantalla de su notebook, la página web de la Fundación "Juntos por el Mundo", que invitaba a nuevos voluntarios que quisieran sumarse en la próxima brigada a Togo. Las frases eran convincentes, y las fotografías más aún. Él era un candidato ideal para adherirse al proyecto. Su tío Gilverto, desde hacía un año, compartía con él la dirección del programa ASCADP y podría estar a cargo durante algún tiempo. Los locales de Barkley's eran manejados por sus gerentes y ya no necesitaba asistir personalmente. Había terminado la oleada de conferencias y presentaciones de su segundo libro, Como superar las adicciones con ayuda de tus sueños, *el cual ya casi alcanzaba las espectaculares estadísticas de venta de* Tu mente poderosa. *Estaba libre, con el dinero suficiente y sin responsabilidades que lo ataran a su rutina. Si se decidía, sólo debía tomar un avión que lo llevara a Madrid, y de allí a Lomé, donde podría concretar su sueño de ayuda humanitaria. Y a la vez, conocer a aquella mujer que compartía su vocación de escribir, su amor a la libertad, y la misma pasión por hacer y por dar. Tal vez ella fuera el amor de su vida. La mujer que estuvo desde siempre destinada a él, y él a ella. Sólo al verla lo sabría.*

El entusiasmo por el nuevo proyecto lo sobrepasaba. Lo estaba necesitando; Johnny no podía vivir mucho tiempo sin nuevos desafíos por afrontar, sin nuevos sueños por los que luchar. Cuando sentía que algo había llegado a su fin, que un objetivo había sido logrado, la satisfacción del logro se opacaba por una abrumadora sensación de vacío. Para él, el disfrute estaba más en el camino que en la llegada. Y El héroe, *con su planteo tácito y personal, llego a él en un momento de cierre; en un momento en que su alma le pedía nuevos comienzos. No debió reflexionarlo demasiado. Él ya se conocía; sabía que en poco tiempo estaría allí, en el Hogar de Acogida de la Fundación, poniendo sus manos, su sudor, y su inteligencia al servicio de los niños y mujeres de Lomé; cerca de aquella misteriosa mujer que acaso fuera su eterna compañera de vida.*

Tomó el teléfono, los llamó para informarse de todas las condiciones y requisitos para el viaje solidario. En la misma llamada, confirmó que allí estaría. Él era un hombre expeditivo, no necesitaba dar miles de vueltas antes de tomar una decisión cuando su intuición y sus valores le indicaban que estaba en el camino correcto.
Tan sólo una semana después arribaba al aeropuerto de Lomé con una brigada pequeña, de cinco personas. Allí los esperaban, cartelito en mano, tres

representantes de la Fundación, que les dieron una efusiva bienvenida y los acompañaron hasta el autobús que los trasladaría al Hogar de Acogida.

Johnny experimentó una realización plena cuando encontró allí, entre ellos, a la mujer que sin saberlo lo había motivado para emprender semejante aventura. Al ver su rostro —que se le hizo más hermoso aún de lo que imaginaba por la foto del libro— y las expresiones tímidas y arraigadamente humanas que se insinuaban en él, supo que el viaje no había sido en vano. Todo tomó un sentido vital ante su piel suave y bronceada, su pelo castaño recogido en un pañuelo, su andar delicado y a la vez impetuoso de ciervo libre; su voz dulce promulgando entusiasmo en un castellano musical, romántico, que no olvidaba ninguna s y acentuaba tozudamente las últimas sílabas de los verbos.

Vestía un jardinero corto de jean, remera anaranjada por debajo, que aunque disimulaban su silueta estilizada dejaban entrever un par de piernas largas que encendieron el deseo del cubano. La muchacha no se sentó en todo el trayecto, sino que, parada de frente a los visitantes, les hablaba animadamente de los proyectos y actividades del Hogar, de la gente de Lomé; les mostraba los lugares por la ventanilla, como toda una guía, y se interesaba por cada uno de los nuevos voluntarios, preguntándoles de donde venían, a qué se dedicaban y qué los había llevado hasta allí. Johnny —que entendía bastante de la condición humana, y además había podido descubrir entre los párrafos de El héroe los lineamientos profundos de la personalidad de su autora— se dio cuenta enseguida de que esta faceta extrovertida y sociable no le era natural: ella misma se sorprendía al observarse en una nueva piel, la que estrenaba gracias a las circunstancias especiales que el papel de voluntaria le había presentado.

Con premeditación, Johnny evitó mencionar de entrada que la conocía, que había leído su libro y que incluso fue gracias a ello que se decidió a viajar. No quería espantarla ni generar en ella la cautela que despiertan los fans en los artistas. Prefería el desafío de ir ganándose su afecto de a poco, dándose a conocer, a querer. Era una apuesta muy grande la que estaba en juego allí. Debía medir cada una de sus acciones para no ser expulsado del paraíso. Minuto a minuto se convencía más de que aquella mujer reunía todas las condiciones para ser el gran amor de su vida.

El Hogar de Acogida quedaba en un barrio de pescadores, en el extremo suroeste de la ciudad. Allí los aguardaban, con una merienda de bienvenida, los voluntarios y beneficiarios del Hogar, reunidos en cuatro enormes mesas dispuestas con largas hileras de tazas de café o té con leche, bidones de jugo, y bandejas de tostadas con manteca y mermelada. Era un lugar encantador, limpio, y luminoso. Tiempo atrás le habían edificado una importante ampliación con lo cual, según contaban, ahora estaba mucho más espacioso y cómodo que antes. El Hogar acogía unas cuarenta mujeres, en su mayoría, muy jóvenes, solteras y con hijos, y unos ciento cincuenta niños de entre cero y dieciséis años, huérfanos o hijos de las primeras. Su propósito era el dar apoyo humanitario y formación a estas mujeres — por lo general víctimas de violencia física y sexual, y muchas de las cuales habían encontrado en la prostitución su único modo posible de supervivencia— para ayudarlas a reintegrarse a la sociedad con una perspectiva de futuro mucho mejor. Y a su vez, brindarle a los niños educación, techo, comida y cuidados de salud.

Johnny procuró sentarse cerca de la escritora, en la misma mesa, centrando su atención en ella durante toda la merienda. Al terminar, se separaron en grupos y se instalaron en las habitaciones. Él compartiría una con otros tres muchachos. Acomodó sus cosas, y poco más tarde fueron a dar una recorrida por todas las instalaciones: las habitaciones de voluntarios y hospedados, los baños donde la gente acudía para ducharse, ya que en otros lugares les era imposible hacerlo sin pagar; las aulas de la escuelita que habían montado y que ya contaba con la aprobación del Ministerio de Educación, los talleres donde las mujeres togolesas aprendían y ejercían oficios como corte y confección, tejido, bordado, y cocina; especialmente el nuevo taller de arte, equipado con atriles, pinceles, telas y pinturas. Según supo Johnny, la iniciativa del taller artístico había sido muy fructífera para el Hogar, y crucial para el crecimiento económico que había tenido en los últimos meses. Las obras de las togolesas, exportadas a países como Suiza o Francia, resultaron de gran interés por exóticas y originales, además de bellas, y llegaron a venderse en casas de renombre a precios exorbitantes. Estas ganancias volvieron al Hogar, y se destinaron a prestaciones muy importantes, como por ejemplo tratamientos médicos especializados para los niños con sida.

Más tarde, al pasar por la enfermería, se reencontró con su bella novelista devenida ahora en enfermera amorosa y dedicada. Johnny era incapaz de definir cuál de los dos papeles le sentaba mejor, pero ambos le resultaban profundamente atrayentes. Mientras el médico auscultaba a una niñita, ella consolaba con caricias y dulces a su pequeño hermano que lloraba por el pinchazo de la vacuna que acababa de recibir. Johnny se estremecía ante la escena, y ella lo notó en la mirada silenciosa que se cruzaron. El grupito siguió su recorrida pero sus pensamientos quedaron varados en aquellos ojos verdes. Le preocupaba el hecho de que pronto los voluntarios de la brigada anterior emprenderían la retirada, y no sabía si ella viajaría con ellos. Quiso preguntar, pero no se atrevía.

Fue en la cena que ella, como leyendo sus pensamientos, se adelantó y le confirmó su temor:
—Sabés, yo me voy en una semana, con esta brigada. Me quedé varios meses y es hora de que vuelva a mi país, a ver un poco a mi familia. Pero pienso regresar a Togo, tal vez en un tiempo. Me he amoldado tan bien aquí que no tengo deseos de partir, siento que desde acá puedo hacer más por el mundo que desde cualquier otro lugar. Pero tengo también mis responsabilidades y afectos, y es necesario atender todos los aspectos de la vida.

Johnny no pudo ocultar su desilusión al oír estas palabras. Había llegado tan lejos, sólo por ella, y todo llegaría a su fin tan pronto. "No la puedo dejar ir así", reflexionaba ensimismado. "Ahora que la he encontrado no puedo permitirme perderla nuevamente por el mundo". Pensó que debía exprimir lo máximo posible estos pocos días que le restaban a su lado. Cuanto más cerca de ella estuviera, más la conocería y más elementos tendría para decidir si tal vez lo mejor sería abandonar la brigada y viajar a Argentina —o al fin del mundo, si fuera necesario— para seguirla. Así fue que comenzaron un diálogo animado, propio, que se extendió durante toda la cena, en voz baja para no sobreponerse a las distintas conversaciones que fluían en la mesa. Él quiso contarle sobre el éxito del ASCADP, y la cartelera de corcho en Barkley's, que solían ser sus temas de conversación favoritos porque solventaban su autoestima, y a la vez averiguar más sobre su vida, pero ella prefería hablar de otros temas, y desviaba la conversación hacia la ayuda a los otros, la entrega, el riesgo, África, la pobreza, el peligro... Se le notaba un gran entusiasmo y compromiso con su causa, por el que Johnny se dejó contagiar.

Con el paso de los días, se fue acostumbrando a la presencia de su nueva compañera, de la cual —para sus adentros— se reconocía enamorado. Su gran afinidad ayudó a que en poco tiempo lograran romper las barreras que otros hombres y mujeres tardaban meses en derribar, si es que alguna vez lo conseguían. Pasaban mucho tiempo juntos, y sus diálogos transitaban por las emociones más profundas y arraigadas de cada uno. Había algunas diferencias en las perspectivas de ambos, que lejos de alejarlos habían logrado en Johnny se sintiera más atraído hacia ella, quien con sutileza lo acusaba de egoísmo, materialismo, individualismo, y soberbia. Él nunca había reflexionado sobre estos defectos, los veía como anexos naturales de sus virtudes, pero ahora veía todo con más claridad, y estaba dispuesto a mejorar estos aspectos para merecerla. Cuando la partida era inminente, Johnny sintió que estaba muy cerca de su corazón, y le temblaban los huesos sólo de pensar que tal vez nunca la volvería a ver. El tiempo apremiaba: si no hablaba con ella ahora, después probablemente todo se desvaneciera en la nada. Su padre solía decirle que la oportunidad tiene el cabello largo por delante pero es calva por detrás. Honrando esta filosofía, tomó coraje y la invitó a dar un paseo por la playa. Aquella dulce noche de luna llena los contempló caminar largas horas por la orilla, descalzos, o sentados en la arena mientras se contaban los últimos detalles que les faltaban por compartir de la vida de cada uno. Filosofaron juntos, se sensibilizaron, rieron, sin darse cuenta de que el mundo seguía girando mientras ellos disfrutaban de un momento eterno. Pronto amanecería el día de la despedida y ya no quedaba más espacio entre ellos para ocultamientos, así que Johnny finalmente le reveló que había leído su libro, y que había sido por eso que se decidió a ir a Togo.

Hubiese esperado que ella, embelesada con la revelación, lo besara con pasión y cancelara su partida, pero en vez de esto echó a reír a carcajadas, feliz de haber logrado despertar en un lector el impulso de viajar como voluntario. Él esperaba palabras de amor, pero en cambio escuchó el entusiasmo con que ella le hablaba de los niños de Togo, de todos los proyectos por concretar, de lo fascinante que era la solidaridad. Él casi se había olvidado de que esta motivación estaba también presente en la génesis de su viaje, pero ella supo convencerlo de lo invaluable de su presencia en el Hogar.

—Gente como vos es lo que hace falta acá —lo halagaba—, gente con iniciativa, con ideas, con amplitud de miras, con voluntad ¡Estoy tan contenta de saber que, ahora que me voy, dejo al menos en mi lugar a una persona con tu ímpetu! Johnny, no sé si te enteraste que en la Fundación se está

*empezando a hablar de construir un nuevo Hogar de Acogida en Kpalimé.
Allí las condiciones de vida son peores aún que aquí en Lomé, no sabés lo
que es eso. Sería espectacular que te involucraras en ese emprendimiento y
que lo impulsaras. Tenés mucho, pero muchísimo para aportar.
¡Cómo iba Johnny a hablarle de dejar todo e ir con ella a Buenos Aires,
si esto hubiera ido en contra de las convicciones profundas de ambos...! El
Héroe, sin lugar a dudas, se habría quedado en Togo para ayudar, y Johnny,
aún con la congoja del adiós, decidió respetar sus designios.*

*Johnny suspiraba con la vista fija en el avión que se alejaba en el cielo, hasta
desaparecer entre las nubes, llevándose consigo su sueño de amor. Fruncía
el ceño atónito por la extrañeza de quedarse en aquella tierra desconocida,
ya sin ella. No podía entender lo que le sucedió, era muy loco para él pensar
que llegó tan lejos por aquella mujer, y ahora se quedó solo, mirando su
partida, y dispuesto a avocarse a las tareas que ella le mostró; "Se ha ido,
pero no la perdí, su energía permanece aquí, dentro mío...", pensaba, y se
sorprendía de la entrega inmensa que significaba amarla así, a la distancia,
sin poseerla como objeto, pero enalteciendo sus valores, haciendo propios sus
objetivos y luchando duro por ellos.*

*Antes de recuperarse de la sorpresa que le generaba su propia conducta,
Johnny se amoldó al nuevo escenario en que se desarrollaría su vida, y se
dispuso de corazón a colaborar en todo lo que estuviera a su alcance con los
proyectos del Hogar de Acogida. El clima de trabajo era muy estimulante.
Todos se ayudaban desinteresadamente, estaban juntos, en el mismo barco,
por un fin común: ayudar a un grupo humano a salir adelante en la vida.
Pero él no estaba acostumbrado a secundar los planes de otros —siempre
había sido una persona muy independiente—; por eso se dispuso en alma y
vida a propulsar el nuevo hogar en la vecina ciudad de Kpalimé.*

*Se erigió en líder natural del proyecto y lo dirigió con infinito entusiasmo y
entrega, colocando cada ladrillo con el sudor de su frente, haciendo relucir
sus dotes de empresario en cada etapa, venciendo un sin fin de dificultades,
hasta que un día llegó la esperada inauguración. Cientos de niños ahora
tendrían un techo, comida y atención.*

Al abrir las puertas al público por primera vez, Johnny estaba orgulloso de su decisión. Si ella hubiera estado allí para presenciarlo, sin duda habría sentido que todo valió la pena.

15.– Nota final para los lectores

Podría haber concluido mi libro como en Hollywood, con imágenes de un amor consumado y promisoriamente eterno entre mis personajes. A decir verdad, es el final que tenía planeado hasta último momento. Pero el cierre de una historia inventada, más que ninguna otra de sus partes, merece una especial atención, acaso porque son los únicos finales que dependen exclusivamente de nosotros mismos. Así que algunas reflexiones y mis recientes experiencias en este lugar, tan íntimo como hostil, me hicieron cambiar de plan. Como la vida cambia, cambia lo que ocupa nuestra imaginación, cambia lo que queremos escribir.

Patrice también aportó lo suyo, en una de las tardes en que lo vi más hermoso y más desacuerdos me expresó.

- Linette, ¿qué mensaje le quedaría al lector si Johnny Barkley simplemente viaja a África, conoce a esa escritora y consigue todo su amor, como si se tratara de tomar un pack de pilas en una góndola de Wall Mart?

Y continuó, mientras yo me seguía enamorando:

- No creo en los finales de ser felices y comer perdices… ya sabes, soy europeo, no norteamericano –y sonreía–. Creo demasiado en tu historia, en la fuerza que tiene, en lo valioso del camino que muestra, para no decirte lo que pienso; decirte que no está a la altura de esa historia cerrarla con una simple sensación alegre, naif, de final de cuento de hadas.

Enamorarse, definitivamente, es alucinarse ante ciertos contrastes, frente a ciertas personas que nos muestran algo nuevo. Enamorarse es cambiar de planes. Yo lo estaba haciendo con Patrice, y también decidí que así se le sucediera a mi personaje de ficción, Johnny Barkley. Por eso, las páginas que escribí sobre él aquel atardecer en la playa, cuentan la historia que vos, lector, ya conocés: Ella se va, y Johnny perplejo primero, pero más convencido después, decide quedarse en la lucha, priorizando así la incentivación de la conciencia social, colocando como primer valor el amor a la humanidad.

Creé a mi héroe para convencerme de que una vida distinta era posible, una vida que excediera los límites de mi propia mente, de mi propio egoísmo, del Planeta Lina. Con él, aprendí que el sentido de soñar es caminar hacia la realización de los sueños, que la acción es la fuente de la vida, que la mente es poderosa, y los objetivos se pueden alcanzar. Mi libro no es autobiográfico, pero probablemente tenga mucho de mí. En él quise dar vuelo a mis pensamientos positivos, dar a luz a la parte de mí que me gritaba desde adentro que el mundo es importante y me necesita.

Así fue surgiendo el perfil de mi personaje Johnny, un muchacho luchador, un hacedor convencido de que, si el destino no está en sus manos, al menos puede hacer bastante para influir en él. Y fue bajo su luz que me atreví a salir del cascarón y venir a Togo, por eso sentí que esto merecía ser mencionado en mi libro. ¿Cómo no iba a figurar en mi obra nada sobre estos niños maravillosos, la Fundación, la playa y el voluntariado, si configuran una de las experiencias más enriquecedoras de mi vida?

El hogar de acogida de Johnny no es idéntico al mío, está coloreado por ese tinte rosado que lo acompaña desde el primer capítulo, pero al menos muestra un poco la realidad del continente olvidado, y destaca el valor de la experiencia de dar. ¿Quién dice...?, tal vez algún lector reciba el mensaje y decida hacer un viaje solidario. Esto sería un grano de arena para un mundo mejor, y, al fin y al cabo, ¿la arena no está hecha de granos?

Me pregunto si Patrice habrá podido llevarle a su amigo mi libro para que lo publique, si a éste le habrá gustado, si entendería mi letra, o se tomaría el trabajo de transcribirlo...

Me pregunto también que habrá pasado con las obras de arte de las togolesas que llevó a Europa para vender a la señora Weissenmaier... Sueño con que triunfen como imaginé, con que sea una fuente de ingresos que permita progresar al hogar, volver a ser al menos lo que era antes del ataque, pero soy consciente de que tal vez nadie haya hallado valor en ellas, o en mi libro.

Ignoro todo esto porque en estos días estuve ocupadísima y no pude ir al centro a telefonear a Patrice y preguntarle qué tal le había ido, pero ahora sé que, aunque el resultado fuera negativo, mi intento habría tenido sentido. La utopía está para encaminarse hacia ella, y yo lo hice:

Escribí con pasión, desde lo más profundo de mi ser, y armé un libro con la intención de que ayudara a otros, tanto como me ayudó a mí.

Tal vez alguien al leerme decida investigar, por ejemplo, en mi propuesta sobre el ASCADP y llevarla a cabo. Creé un taller donde trasmití mis conocimientos con vistas a sacar a la luz el potencial artístico de las alumnas, con una remota posibilidad de que esto las ayudara a salir de la miseria, enseñando a pescar más que regalando pescado. He sembrado semillas, y aunque no sé qué sucederá con ellas pienso seguir haciéndolo, y de entre muchas semillas alguna siempre va a germinar.

En pocos minutos llegará Patrice con las novedades. Me inquieta pensarlo, pero me he prometido que no me decepcionaré si las cosas no salieron como yo espero. No me daré por vencida, porque sin lucha no hay triunfo.

Ya tengo que irme al aeropuerto para recibirlo, estoy emocionada y nerviosa. Me he puesto un vestido violeta, me pinté y me perfumé para él. Quiero alabar su llegada.

He pensado mucho en él durante su ausencia, lo eché de menos, y me di cuenta de lo mucho que lo quiero, y por eso estoy decidida a darle una oportunidad al amor. Quisiera darle el beso que le negué cuando nos despedimos, caminar a su lado por la vida, viajando de aquí para allá para ayudar a quienes más lo necesitan.

Siento que el futuro es prometedor a su lado, y que esta relación no tiene por qué estar destinada al fracaso como las otras que he tenido, porque por primera vez tengo con alguien una afinidad profunda, intereses en común, y un cariño intenso.

En mi vida ha habido un vuelco, y ahora en lugar de tomar pedacitos del mundo para recrearlos y jugar con ellos en los confines del Planeta Lina, y que mueran allí, he comenzado a dar al mundo pedacitos de mí, para que vivan en él, y así convertirlo en un lugar más a mi medida: en un *Planeta más Lina*.

> (*De vuelta en Buenos Aires, después de tanto tiempo.*
> *Mis padres, hermanas y cuñados nos prepararon un gran almuerzo de bienvenida.*
> *Vamos a presentarles a nuestra hija. ¡Estoy emocionada!*
> *Me has perdonado, y todo fluyó en armonía desde entonces.*
> *Vos también lo habrías hecho en mi lugar -me confesaste-*
> *Por algo estamos juntos, porque somos tal para cual.*
> *Porque nos hemos hallado en este mundo disparejo.*
> *A tu lado aprendí lo que es el amor.*
>
> *Sin embargo, algo dentro de mí me dice*
> *que cada paso ocupa un lugar en el crecimiento personal,*
> *y podría incluso aventurar que aquellos que no han cedido en su juventud*
> *a la dulce locura de los amores platónicos,*
> *seguramente nunca lleguen a conquistar el amor*
> *real.   )*

http://www.planetalina.com.ar